食記百味

ごはんのことばかり
100話とちょっと

吉本芭娜娜——著
陳寶蓮——譯

Contents

1

傍晚，突然下起雨來。

我和兩歲半的兒子坐在朋友的保時捷上，眼睜睜看著烏雲在天空漸漸擴散。

小不點第一次坐保時捷，興奮得動來動去，可是當朋友打開車頂，變成敞篷車時，他立刻安靜下來，喃喃自語：「敞篷咘——咘……。」人在感到驚喜時，真的是喃喃自語甚於興奮大叫。

他完全不在乎大顆雨水滴落臉上，只顧著享受敞篷車的樂趣。

那天上午，韓國朋友送來大量的韓國泡菜和韓國海苔。

朋友是做企業諮詢之類重要工作的人，但電話裡的聲音只是普通的韓國「媽媽」聲音。

「有一點酸噢，可以煮湯，只要放豆腐就行！」

因為沒有豆腐，於是只把泡菜、胡蘿蔔和韓國海苔放進雞湯裡，稍微燉一下，做了泡菜雞湯。

拜韓國海苔之賜，湯中帶有麻油香，有點辣，吃下後大量流汗。是讓身體清爽的汗。

然後，用人家送的柴魚片拌紫蘇、大蒜、茗荷和小黃瓜，澆上用天然海鹽、大蔥、蒜頭、胡椒、少許辣椒和酒調製而成的鹽達蕾醬汁。

海葡萄要拌麻油、魚露、醋和柚子胡椒醬汁（枝元奈保美的食譜）一起吃。我在沖繩學到，海葡萄浸到醬汁後會因滲透壓而萎縮，所以必須在吃的時候再沾醬汁。泡好的泰國寬粉條則和番茄、泰式炒麵醬、大蒜一起炒成義大利風味的炒米粉，當作主食。

小不點吃了很多海葡萄和炒米粉。這些都是他生平第一次嚐到的滋味。飯後，吃著中元節時人家送的麝香葡萄。

小不點還不太會剝葡萄皮，不停要求一起吃飯的朋友幫他剝，吃得笑呵呵。朋友又是幫他剝葡萄皮，又是開車帶他去兜風。

在身邊這些人的小小愛情呵護下，彷彿每個人都在撫養他。

我想，這輩子大概都不會像這段時間這樣經常在家做飯吧。

育兒中的三餐是家族之餐。像是把家人結合為一的儀式。其實，是甚麼都無所謂，只要能夠高高興興在家吃飯就好。在孩子喜歡外食以前，我還有一段充裕的這種時間。

2

我的老同學、也為這本書出力不少的朋子，就住在附近。她從以前就是很會做菜、對食物感觸敏銳、很適合做行政主廚的人。大學時在她租的公寓裡，我享受到生平第一頓的泰國綠咖哩。她只花二十分鐘，就做出茄子切工完美的咖哩。是我平生未知的美味。雖然是用咖哩醬，但速度還是超快，而且在很多細節上都有下一番工夫。從那以後，她毫無動搖地直奔料理大道。

有一天，我們在路上不期而遇，她強烈向我推薦Kaldi Coffee Farm的「Royal nuts」。好像是小魚乾、香辛料和堅果混合的泰式風味零食。

因為偶爾才有得賣，所以每次有賣時，她都搶購不少囤放。

這麼說起來，我想起她大學時總是津津有味嚼著小魚乾和略帶甜味的烤花生，這在年輕人的零食中非常罕見。莫非那個傳統至今還留存在她心中？我莫名高興起來。

路上巧遇朋友，聊聊附近好吃的東西，這種事情可以列入這世上幸福的前幾名。

沒有約定，再次見面也不容易。但，總是能夠見到。才說完「再見」，很快又不期而遇。在沒有電車和私家車的時代，朋友見面都是這樣吧。只見到認識的人，也特別重視認識的人。

有天下午，她發電郵過來：「上次那個東西有在賣，我買了七罐。」不愧是堅果和小魚乾女王。我想，再怎麼愛吃，一次買七罐不會太多嗎？雖然這麼想，可是我也買了四罐。真的只能說，泰式風味好吃得不得了。不知是因為加了泰國檸檬的關係，還是因為辣的關係，開罐瞬間，泰國的氣氛原封不動洋溢開來，搭配啤酒，風味絕佳。

雖然有點辣，小孩一樣吃得津津有味。

朋子另外傳授我只用Kaldi賣的「昆布屋之鹽」和雞蛋做的炒飯，也很好吃。她說，關鍵在於一粒粒鹽觸及舌頭後的無窮餘味，但如果貪多，加入蔥花和其他配料，味道就毀了。絕對只能加這兩樣。

不愧是職業級的料理好手，不但精確做過實驗，最棒的是這種減法概念。其實，每次遇到職業級的料理達人時，總是有個感想，越會減法的越高明。過分的無謂增加，在任何世界，都是外行人的發想。

我用那個鹽、苦瓜、胡蘿蔔、韓國泡菜和雞肉做韓式拌飯。煮好的白米飯澆一點麻油，鋪上這些配料，拌勻後吃。

胡蘿蔔炒熟，苦瓜燙熟，都拌上麻油、鹽和雞粉。肉是醬油味的雞肉鬆。和泡菜一起盛在飯上，最後撒上芝麻、韓國海苔和辣椒絲。胡亂拌勻後，用大湯匙代替韓國的長柄湯匙，大口舀著吃。

痛快的夏日風味。

小不點畢竟不能吃辣，只好幫他弄了兒童版的不辣拌飯。好希望有一天我們能一起在炎熱的夏天吃這個。

3

新潟的「夢屋」溫泉旅館老闆送來新鮮的毛豆、小黃瓜和豬肉。

看到那些新鮮的食材，立刻湧起想去夢屋泡湯的心情。那家旅館完美無瑕的米飯、豐富的早餐小菜，一切都教我懷念。想起了這些，也跟著想起那檜木浴池、乾淨的走廊和年輕老闆娘的笑臉。還有在不同季節和不同朋友前去時的美好回憶。

懷孕九個月時，興匆匆想做一趟產前的最後溫泉之旅，可是出發那天早上突然發燒到三十九度。想到對胎兒的負擔，只得委屈放棄，打電話給夢屋。我說：「會支付取消預約的費用」時，年輕老闆娘回答：「不用啦，等你平安生產後再來嘛。」

那是拒絕十歲以下孩童入住的高級旅館，當下不能去，我遺憾不已，但是老闆娘告訴我，別院很快就會落成了，那裡可以帶小孩入住。

是別院先落成呢？還是我的孩子先落地……。

毛豆（打開真空包裝袋，熟度和鹹度恰到好處，可以立即食用）和小黃瓜冰過，和家人一起吃。新鮮美味。剛摘的小黃瓜青澀味，嚐著就無比高興。

雖然現在已是新瀉清晨採摘的新鮮蔬果、傍晚就能在東京吃到的時代，我還是夢想能親身走一遭夢屋，泡泡溫泉，肚子餓得癟癟的痛快大吃一頓。

4

天氣陰鬱潮濕得像是只能吃酸溜溜的食物，於是煮了椰汁雞肉。

先用櫻花蝦和雞胸肉熬出湯底，放入香茅、泰國薑、泰國青檸的葉子、一點點泰國小辣椒（光是這樣就很辣了），再擠些萊姆和檸檬汁，還有大量的番茄。當然還有椰汁。也放了綠豆芽。

味道介於味噌湯和酸辣湯之間，比純正的椰汁雞肉清淡一些。

然後把小不點叫過來，給他喝一點嚐味道，「好難喝！」口味有點偏大人嗎？但他還是吃了雞肉和豆芽。我想就這樣一點一點讓外國口味自然而然融入他的味覺裡。只要甚麼都能吃，將來在任何國家都能過活。

我希望他知道各式各樣的味道，多方比較後，擁有廣闊的味覺領域。也希望他將來會覺得，媽媽做的飯菜「雖然差勁，但有得吃就是幸福啊！」

5

台菜和中國菜幾乎沒有不同，但總有一點自由發揮的感覺。或許是我沒去過中國大陸，才會這麼想。

感覺上傳統台菜和客家菜都很像日本的古早味，是因為有點濕度的氣候關係嗎？還是因為台灣住了許多日本人？雖然有不是很好的歷史因緣，但日本人的存在，還是讓文化產生了一些混合吧？也可能有互相教習做菜的和平場面吧？

和朋友陽子利用零星的時間辦完事，想吃點東西時，總是走進台菜館。點了水餃、炸雞、擔擔米粉、炒空心菜。都很好吃，可以自行調整辣味，隨自己高興沾豆瓣醬吃，餃子皮很有彈性。

最後吃了愛玉。黃色果凍狀的東西，每次吃它，都生起一股懷舊情緒。外公家附近有家愛玉冰店，我小時候就知道這個甜點為甚麼有這麼奇怪的名字。但長大以後才知道這是只生長在台灣的植物做成的食品。位在日本南方的台灣，有很多南國的水果和珍奇植物。

我在台灣的每一餐，雖然不是都好吃得要死，但也絕對沒有失望之時。到了台灣，吃不膩的味道和那些店的味道一模一樣。只要不是去相當特殊的店，總覺得口味都很類似。那些大火快炒的新鮮蔬菜和分得很細的五花八門肉類。

那是隨時可以大快朵頤美食的國家。

這樣的國度，人們的想法也豐富，沒有尖銳冷漠的心情。或許是因為可以很便宜就吃到頗費工夫的美食，即使阮囊羞澀，也不那麼畏縮。

餐館老闆都很爽快，樂見顧客把吃不完的東西打包回去，很像以前的日本。店裡面有年輕人、老人、歐吉桑和歐巴桑，感覺很好。

不過，最近有個想打包食物回去、卻被斷然拒絕的遭遇，有點難過。

在這萬一事發時要追究責任的現在，店家大概為了避開顧客事後食物中毒的責任，索性一切都禁止外帶。

不久前，我和京都來的朋友在一家咖啡廳吃巧克力布朗尼，因為還剩一點，朋友問：「可以帶走嗎？請給我鋁箔紙。」結果遭到嚴詞拒絕：「本店禁止攜出一切食品。」朋友說：「你們不能假裝沒看見嗎？我是京都來的，可能不會再來了。而且這也不是生鮮肉品，我馬上就會吃掉。」百般懇求，服務生始終沉著臉搖頭。

是不是太不通融了？我們嘀咕著，帶著有點落寞的心情離開。果然，隔年再來，那家店已不見了。

雖然那是一家非常古老、茶和咖哩都很好吃的印度風味名店，還是……是因為不能快樂工作而歇業嗎？莫名有那種感覺。

轉個不同的話題。魚柄仁之助好像寫過：「連鎖店大肆擴張時就有計畫倒閉的可能性。」我才知道有這種可能性，之前沒有想過。

就像土地不是拿來居住、而是當作投資對象一樣，讓我不以為然。

我總以為人們是出於「想吃好吃的食物，若能以此維生，更是幸福」的想法而開餐廳，事實未必都是如此，因此更覺悲哀。

想到在計畫倒閉以前，那些受雇每天工作的人和運送到那裡的設備及食材，就覺得虛無得不知如何是好。

我可能太天真，認為這社會有很多不是作為事業的店，才會變得富裕。我喜歡作為日常的店，或是作為款待的店。我喜歡把自己融入店裡人的日常中。

人不都想這樣嗎？

為了倒閉而故意開店，這是視金錢為神的發想。如果視工作為神、也不以為恥，不會有這樣的發想。

6

我和事務所同仁、一個朋友、一位編輯，還有家人，到常去的燒肉店，點了很多東西，說說笑笑、吃吃喝喝……，消磨好長一段時間。

並不是我們敢在店裡放肆，而是要感謝店家的包容。店家不只是因為老顧客在這裡消費許多，也因為長年的感情而多所包容，讓我們能夠徹底放鬆心情，吃喝說笑。當然，在外用餐，難免有裝腔作勢的心情，這固然是重要因素，但以「大家一起去看店裡人精神抖擻的樣子」為基本，是最快樂的。

在那家店裡，可以自己在帶骨小羊排上撒胡椒鹽，慢慢燒烤。羊肉又軟又嫩，品質不輸法國餐廳，必須小心不能燒烤過度。感覺好奢侈。

同事加藤若無其事地嘎吱嘎吱嚼著醬油醃漬的青辣椒，我很驚訝。那是我只吃零點一公分就要趕快喝口啤酒沖淡的辣度。韓國人大概比加藤更能吃青辣椒。

肉餡裡加入青辣椒、辣到爆的餃子湯，夏天爽口，冬天暖胃，適合任何季節。

聽到有人說：「想不到這麼矮，一百公分都不到。」轉頭張望，原來是店裡的人用柱子上的身高表幫我兒子量身高，再用麥克筆寫上姓名日期做記號。

讓我的孩子和其他來過店裡的許多小孩一樣刻上名字和身高，留下紀錄，我自然高興起來。簡直把我的孩子當作親戚似的。

生完孩子，第一次來這裡時，老闆夫妻就像親人般笑容不斷，我還一邊餵奶，一邊喝海帶芽湯（聽說對產後的身體很好，他們特別為我煮來慶祝）。

我心愛的狗快要死時，也是跑來離家最近的這家店。

那天，我從早起一直守在狗身邊，甚麼也沒吃，肚子餓扁了，抽出一個小時跑到這裡，吃碗熱騰騰的燒肉湯飯。回家時狗還在等著。在店裡時，我知道只是時間的問題，低頭想哭。店裡的人知道原因，飛快出菜。狗就撐著那一小時等我回去。

我像往常一樣，在狗的旁邊摺襪子，心裡想著，啊，今晚還可以照顧牠，至少還有今晚，真好。小不點和爸爸在對面房間說話。姊姊似有預感，打電話來：「讓我跟拉布說說話。」我把聽筒放在狗的耳邊，姊姊說：「我們一定還會見面的。」狗大概就此安心踏上旅程，很快停止呼吸。牠的最後瞬間是那樣幸福。

那時，我匆匆嚥下的燒肉湯飯味道，變成纏繞這一切的愛的回憶味道。

7

家庭幫傭，光是那個概念，就讓人有點傷感。

因為你知道那是不能永遠相伴不離的人。而且，他和朋友不同，共度日常或是離別，都不是自己單方面能決定的。

我娘家沒有請幫傭的精神餘裕，因為我們家人不喜歡有外人待在家裡，所以我不是傭人帶大的。因為姊姊會照顧我，所以也不需要。

現在，爸媽都老了，行動也不方便，姊姊要照顧他們。無法同時包辦帶孩子和所有家事的我，因此需要不同的人來幫忙。

家裡就像我親自坐鎮監督、工人進進出出的雜沓工程現場。我還不習慣，當然，對創作而言，這也不是理想的環境。

但是，從整個人生的觀點來想，有這樣的一段時期也不錯，因為這種沒有意義的喧鬧時期，只在孩子還小的時候吧，我覺得這樣也好。

那些幫傭之中，當然有不可理喻的人，但是有更多好人。

彼此都是人，如果脫離這層認知，那就甚麼都搞砸了。把別人當作機器，放入薪水和工作的框架中，彼此就會產生不滿。如果自己是幫傭，又能忍受甚麼樣的條件呢？如果不能時時抱著這樣的念頭，就無法讓別人真心真意幫忙做家事。而且，還需釐清熟稔後也不偷懶、一直保持工作意識的條件後，彼此才能稍微鬆懈。

所以，家庭幫傭還是一種困難、無法長期存續的制度。

如果相處得好，幫傭有時像母親一樣可以依賴，有時像同鄉好友，可以共享快樂時光。

那些共度的短暫時間雖然像煙火般瞬間絢爛，卻是可以留在心底的回憶。

前些天，我要帶貓去醫院，牠躲到桌子底下不肯出來，我正發愁時，幫傭M看不過去，走進房間。

我們計畫把網子輕輕墊在貓的身體下面，一人把牠拖出來，另一人戴上手套，等著抓牠。我們為了不傷到貓的心身，把網子輕輕墊在牠下面，可是貓的體重超出我們預料太多，根本拖不動。貓就悠哉趴在網子上，繼續躲在桌子下。

僵持的緊張瞬間瓦解，我們相顧咯咯大笑。

「這麼難弄出來，還真好笑。」M說

M是住在巴西很久、個性爽快的人，第一天來我家，正逢我心愛的狗快死時。她一看到狀況，就知道狗已經沒救，於是跟我說：

「人生會有各種時候，也有傷心的時候。」

我很高興她一下子就能掌握狀況。她離開時總是對狗說：「拉布，保重啊。」

我偶爾會要菲傭E做飯。因為其他要做的事情很多，所以難得要她做飯，也因為難得，所以都請她做菲律賓菜，學到許多未知的美食。

ADOBO（醋、肉桂和醬油燉肉）、KARE〜KARE（花生醬汁燉菜肉）、生薑雞粥、茄子蛋餅、奶油青菜義大利麵等。

都是媽媽的味道，每一道都好吃。我想，肯定比在菲律賓餐館吃到的還要美味。那是E用來餵養自己孩子的家的味道。

將來有一天，我家小不點去菲律賓、在餐廳吃到這些菜時，一定有說不出的懷念。感覺好像在哪裡吃過。

那種心情會讓他的人生更加豐富廣泛。

8

晚飯時間正好有大家（三人以上）都想看的電視節目時，顯然不能好好坐在桌前吃飯了。能在播廣告的空檔匆匆吃幾口，就算幸運了。

這麼想後，我決定把剩飯做成兩種飯糰。羅勒乳酪飯糰和海苔梅乾柴魚醬油飯糰。

另外煮了茄子蘿蔔味噌湯和日式煎蛋。

這樣，可以邊看電視，高興時就繞到餐桌這邊揀自己喜歡的吃。像野餐一樣快樂。這樣隨意進餐，大人也輕鬆。

吃飯時總是一成不變也很乏味，小孩子無法長時間乖乖等候，喜歡馬上可以吃的東西。我小時候也是這樣，總想不透大家為甚麼要在餐桌上說這麼久的話？

父親在半夜用「永谷園的好味燒之素」做的「素」好味燒，沒放高麗菜和豬肉等最重要的配料，其實一點也不好吃，只因為是在半夜，我們就覺得好好吃。

他做的只有洋蔥和醬油的土耳其飯也讓我難以忘懷。光是「在半夜吃爸爸煮的東西」，就有露營的感覺。

小不點一直喊著：「飯、飯」，但只吃飯糰的角。

他咬到乳酪時就吐出來給狗吃，真是個便利的系統……。狗一直在下面等著，給牠甚麼都吃得津津有味。如果完全放任他們的勾結情況，狗很快就會變成肥豬了。

我本來想喝斥：「不可以！」但又想到今天算是露營，就放過吧。我自己不就只用圍裙擦拭沾著飯粒的手，用馬克杯裝味噌湯，用手捏煎蛋吃？

因為就是露營嘛。

9

常在東京的超市看到打著「大地的恩賜……」「自然的禮物……」標語銷售的商品，我總在想，人們想從這種標語中接收到甚麼？到了鄉下，就完全理解其中的真正意義了。人們想要的是不管冠上多麼漂亮的名字、但在東京絕對無法得到的氣息。

鄉下不方便、閉塞，唯一的補償，是大自然的厚愛。

太多精力飽滿的蔬菜和魚鮮，可以用幾乎免費的價格大啖各種新鮮食物，可以看到碩大夕陽照射的海……光是這些，就足以逃離鄉村生活的閉塞感。

反手利用這種閉塞感的，就是使用大量土地、規模已經算是百貨公司的大型超市和小鋼珠連鎖店。雖然住在鄉下，在那裡也能窺見一點都會的娛樂。

看到那種情況，就能感到人類總是強求所無之物的心態，都如實反映在世界的景色中。

有次去高知，看到旅館的販賣店有看起來很甜的大西瓜，我眼睛發亮，姊姊笑著說：「好吧，在這裡買的，晚餐時也可以拿出來吃。」於是買了。甘甜可口，大家吃得很撐，還是剩下半個。旅館的人說：「別浪費，帶回去吧，這是我們自傲的西瓜。」放了很多冰塊在塑膠袋裡，開車載走。午餐時也吃，還是沒吃完。到下一家旅館談事情，結果在那家旅館晚餐後，又切來吃。

直到現在，我都忘不了在高知人的體貼中接力傳送的新鮮西瓜滋味。可以隨時吃到那樣好吃的西瓜，要特別感謝那些人的大方。

10

雖然不太想在這裡寫店家的壞話，但是附近那家格外做作的義大利餐廳實在太可笑，所以還是寫了。

我和外子去吃午餐，點了水果番茄義大利麵。結果，送上來的水果番茄是一人一半，總共只有一個。少到不熱心翻找還看不到。既然這樣，就不要冠這個名字嘛！兩人都這樣想，但沒有說出來。

然後，我說：「請給我San Pellegrino。」（菜單上是這麼寫的），結果拿來其他國家（不是義大利）的氣泡礦泉水。雖然意思相同，在某個意義上，是沒有錯，但味道完全不同，既然拿來的是不同的東西，我只有拒絕。

反正，店家就是看我們一副窮酸的外表，故意侮辱我們吧。我倒覺得，穿得正經八百到住家附近的咖啡廳兼義大利餐廳的人才奇怪。不過，這家店一定是希望顧客帶著稍微正式用餐的心情上門。我們也有不對。

他們大概很久以前學到：「上菜時要停頓一下，」因此要放盤子時先發出「嘶——！」的聲音，吸氣，然後放到桌上。我很驚訝，看見服務生在外子前面也是：「讓您久等了，嘶——！」才放下。

有一陣子，我們家裡也流行這個「嘶——！」。

因此，我們自然而然不再去那家店。我怯懦地想，外表寒酸的我們還是少去為妙。

我們常去的義大利餐館是一對年輕夫妻開的，太太總是用那細細手臂想像不出的力量揮動平底鍋，迅速做好各種佳餚。東西好吃、感覺也愉快，總是客滿。忙碌的時候，負責招呼客人的老闆偶爾會搞不清楚客人點的東西，但必定充滿職業意識地說：「對不起，讓您久等了。」

那裡沒有「嘶——」，也沒有奇怪的多禮，偶然路過時，年輕夫妻總是笑著揮手。老顧客和新顧客都能輕鬆享受美食。

不知是因為要帶孩子、不能一直穿著正式的關係，還是因為在舊市區長大的關係，我就是喜歡這種店家。

當然也有人不是像我這樣，還好，今天的世界依然會為不同的人而好好運轉。

11

堀井和子有個著名的章魚飯食譜。

只放章魚、大蒜和一點點醬油煮成的飯，因為好久沒吃了，今天特地來做。只為自己而做，難免想多放些配料，忠實按照食譜去做，好吃得似乎可以拿到別人家去獻寶。

謝謝妳，堀井，讓我家今天的飯特別香。

我對高山直美、高橋綠、平松洋子、山本麗子等傑出的料理研究家，一直抱有這樣的心情。他們有勇氣大方分享自己對食物的冒險和實驗結果，也帶來把自家餐桌變成別人家味道的神奇魔法。

高山和高橋是我朋友的朋友，偶爾在聚會中遇到時我都很緊張。高山在中野的「KARMA」小館時，我好幾次應邀到那裡聚餐，跳舞到半夜。在別的地方遇見她，還會那樣緊張，好像有點蠢，大概是我看著食譜做菜時總是對她崇拜不已，一旦見面時大腦就逕自反應我的自卑。

說不定是胃的反應？

做章魚飯時，必須先把米炒過，雖然多一道手續，但是風味變得超好。

我沒見過堀井，但我喜歡她的食譜，買了很多。想到堀井和她先生在他們的生命中吃過無數次這個章魚飯，我在自己家裡吃的時候，也不覺感觸深深。

小不點也大吃特吃，技巧地撥開紫蘇。我想，將來有一天他願意吃紫蘇就好了。因為這道食譜裡，紫蘇很重要。

12

附近有家我稱它「姊姊們的店」的咖啡廳。

去年夏天，心愛的狗死了時，我每天失魂落魄，在那一帶散步好幾次。最大的目的，是想在打烊之前的「日本茶喫茶」喝杯香醇的日本茶，吃些小餡餅或煎餅，為這一天做個結束。這麼決定後，立刻找到了趕在打烊前抵達的目標店家。我如果不這樣做，這一天就無法結束。因為狗不在了，夜晚來臨時感到特別空虛寂寞。

白天散步時，總是順路在姊姊們的店裡吃刨冰。吃著芒果、黑醋栗、桃子口味的刨冰，就覺得自己今天推著嬰兒車走在陽光燦爛的路上時沒有一直哭、也做了些活動，還吃了可口的刨冰，應該沒問題的。

姊姊們雖然不會哄孩子，但是親切大方。孩子吵鬧時，她們不會生氣，也不會皺眉。默默把兒童用的盤子、叉子和湯匙擺好。我走的時候，她們還湊近孩子的臉說：

「Bye-bye。」

如果沒有那家日本茶喫茶和姊姊們的店，我會搬來下北附近嗎？不，應該不會。

因為住家附近有那樣溫暖的好店，非常重要。

13

夏威夷文化館（Hula Studio）旁邊，有家像是家族經營、超級好吃的韓國餐館，可是生意很好，上菜要等很久的時間。

知道這種情況後，點菜就變得很刺激。盡量點和別人一樣的，或是不太費工的，祈禱暫時別再有客人上門，真好玩。

這是日本人為日本人經營的裝腔作勢的店，我們的心情也不自覺變得有點不同，很不可思議。看到韓國人人情味十足的笑容和道歉、慌張的樣子，以及將要送上美味食物的感覺，就覺得多等一點時間也可以原諒。

我們三人點了黑醋蜂蜜沙瓦，一杯完全沒有加酒，兩杯加了濃濃的酒精，痛快享受。如果是家氣氛拘謹的店，我們可能早就發飆了。我終於理解，氣度恢弘可以產生相互作用。

或許，現在日本需要的，就是這種感覺。

14

就因為對方是小孩，總難免會疏忽他。

飯菜隨便裝盤，馬虎調味，他當然不吃。媽媽忙得沒時間做飯時，他也只好挨餓。

有了孩子後，最可怕的，就是母親在這些事情上擁有絕對的權力。盡可隨心所欲把這權力用到壞的地方。孩子不聽話時，就不做飯，或者，天天做飯，讓他被綁在餐桌上無可逃避。

真的好可怕。

唉，其實，只要知道自己權力在握時，就不會沉迷權力，而能保持平靜坦然。如果沒有自信，或是有所疏忽時，才會把那權力發揮到奇怪的方向。

今天因為心情很好，切了水果番茄，灑上朋友送的橄欖油和岩鹽。燙四季豆澆上在高知買的馬路村水果醋醬油。清淡的魚露燉高麗菜和油豆腐（高山直美的食譜）。

放入大塊雞肉的拿坡里義大利麵（加了很多青椒，古早的番茄醬調味）。

小不點在睡覺，我像餐廳那樣把飯菜漂亮裝在一個盤子裡。

他醒來後，盤子剛端到餐桌上，他就說：「沒有哩，拿出來！」是甚麼沒有啊？原來不是他平常用的叉子，於是自己打開抽屜拿出來。然後，津津有味吃起來。

是嗎？即使裝盤很漂亮，也不肯將就一下使用別的叉子，還是非用自己的叉子不可，好奇怪。

15

距離我家雖然有點遠，但還在走路可以到達的範圍內，有家沖繩麵店。是一家值得一提的沖繩定食餐館。因為很有名，「觀光客」也會來。但多半是附近的人來吃定食，價錢也輕鬆。

它的隔壁是GUSTO。

我對GUSTO沒有怨言，但在這種情況下，去GUSTO的人很多，也很不可思議。雖然我覺得熱騰騰的麵條比冷凍食品好吃，但喜歡方便漢堡的也大有人在，沒辦法。

反正，沖繩麵店也不受影響，生意很好。

我不知道這樣說能否充分形容那家店的好，但與其說它是「即使在沖繩也是好吃得一塌糊塗的沖繩麵店」，不如說它是「不值一提的普通沖繩口味麵店」，比較貼切。

感覺店家不是很熱情，但也不是完全冷淡。適度的招呼，對小孩也普通親切。當然一切餐點都是新鮮現做。在入口買餐券也很輕鬆。各自選擇後交換著吃，也很愉快。也有章魚飯和蔬菜炒臭豆腐，不知該選擇甚麼時，也很好玩。

我在沖繩時每天感到的優閒氣氛，那裡就有。

他們沒有在東京開餐館的人常見的近乎異常的驕傲，但也認為工作是人生的重要大事，雖然勤勉，但對未來沒有野心。感覺那是淡然經營生活、絲毫沒有人類偏差心理的餐館。古早以前的感覺。

因為太過輕鬆愉快，所以在那裡不會豪飲，只是喝喝啤酒、大快朵頤一番後回家，甚麼壓力也沒有。雖然那是意識不到的壓力，但經歷過這裡的氣氛後，才發現強把夢想與理想灌輸給客人的店家意外的多。

小不點大概不會忘記在那裡吃到的醋醃海髮菜和麵的味道吧。

大家一起分享，那是平常生活中的尋常吃飯場面。沒有超過，也沒有不及。

16

買了一大包蒜頭，雖然有一點乾癟，但還在可以食用的狀態，所以每天照三餐吃。

我們家蒜頭吃得很凶。

削去變色的部分，洗掉長蟲的地方，把沒有乾癟的部分和長出的芽切片，吃個不停。

有三、四瓣已經發霉，丟掉時，對它們能撐到那個地步才被丟，還有些遺憾。

終於買了新的蒜頭，像往常一樣使勁剝開，做一道普羅旺斯燉菜（Ratatouille）。吃了好幾天，即使冷了也很好吃，也可以加在義大利麵和披薩裡面。夏季蔬菜多，甚麼都可以放進去，真是一道精采的食物。這道菜的主角是番茄、大蒜和時間。

燉蔬菜需要很長的時間，讓它自然冷卻也要時間，放到冰箱裡冰鎮也要時間，時間比甚麼都重要。

新鮮蒜頭的皮肉緊實，皮不易剝掉。蒜頭肉發出嗆鼻的味道，和非常新鮮的香氣。

啊，這才是大蒜啊，那種記憶中的新鮮。

或許，這和人都喜歡嬰兒有點類似。

當我年紀大時，身上也會長蟲、皮膚鬆垮、發霉吧。

我突然悟覺，男人對小孩子表現的極端執著，是因為他們自己已經沒有青春的餘裕，所以想依賴那一分新。

17

一夥人同遊的旅途中，只有我和朋友被海獸胃線蟲打敗。兇手是鯖魚。

我們在港口漁店吃了剛捕撈上來的新鮮鯖魚，真是好吃……但也遭到反噬。

朋友胃部出現的症狀，十個小時後也拜訪我的腸子，真有意思。這是人體的正確度嗎？我甚至有沒能躲過的感覺。

一陣劇烈的刺痛過後，像沒事人一樣。隔一會兒，又是一陣刺痛，這樣反覆幾次後，自然痊癒。我上網搜查，這種疼痛與胃痙攣相同。

但我覺得有點像生產陣痛，不對，沒有陣痛那麼厲害。雖然很痛，但我還是耐住了。所以，雖然不曾經驗過胃痙攣，但我應該也忍受得了。

為母則強！

朋友是男的，頻呼：「痛死了，好想叫救護車，怎麼辦？」

哼哼。

雖然很難啟齒，可是幾天後上廁所時，竟然出現：「咦，我有吃粉絲嗎？」的東西。想到如果吃了粉絲，早該消化掉了時，我才恍然大悟。

「身體裡面長蟲了？」啊，一個衝擊的體驗。雖然還搞不清楚甚麼是甚麼，卻覺得：「我贏囉！我打敗寄生蟲的攻擊！」雖然很蠢，卻是很原始的歡愉。

18

做午飯時在切小黃瓜。

切好的小黃瓜用馬路村的水果醋醬油（去高知以後，流行使用這個）抓一抓，加上紫蘇絲和少許麻油拌勻，做成簡單的沙拉。

小不點會說一點話了，看到小黃瓜，說：

「我要吃小黃瓜！」

我切了三片小黃瓜，讓他用手抓著吃。

「小黃瓜好吃！」

他撿起掉在洗碗槽裡的瓜蒂要吃，我說：「不可以。」

他就回答說：「這個小黃瓜不可以。」

然後指著沙拉碗中拌好的小黃瓜，

「這個可以吃！」

他這樣允許自己，我覺得很好玩，於是又讓他抓著吃。
我想，他就是這樣，一點一點學會在甚麼狀況下使用甚麼語言。

19

兩歲半小孩喜歡的食物，是可以自己拿著放進嘴巴的東西，還有麵條類。他們不喜歡吃起來麻煩的東西。所以喜歡吃各種小點心。小點心的大小，對小孩來說，是最佳的食用尺寸。廠商想得真周到，近乎狡詐。

所以，現在吃早飯時，多半給他一口小飯糰、一口蜂蜜麵包、乾果、花生和優格，裝在一個盤子裡，看起來好像童話故事裡的早餐。又覺得很像甚麼。啊，想起來了。

像義大利的早餐。

在義大利吃早餐，真的驚喜連連。

很多義大利人的早餐只吃甜麵包或cornetto（很像牛角麵包）和咖啡，甚至不吃水果，午餐就吃很多。果然是有午睡習慣國家的想法。

在早上吃米飯、味噌湯和魚的日本人看來，「那種像吃點心似的早餐怎麼能產生精力？」「中午吃那麼多，不會想睡覺嗎？」

但從義大利人的角度看來，一大早就吃這麼豐盛，不是又想睡覺了嗎？

不同國家的人長年以來養成的生活習慣，都自認理所當然，真的很有趣。

20

姊姊和我總是在無聊小事上浪費我們寶貴的心電感應。

早上起來，我想：「啊，今天晚上就用剩下的雞肉和魚做坦都里（Tandoori）烤雞和五香烤魚吧。」剛剛這麼想完，又立刻想到若不趕快把材料醃一醃，就趕不及晚飯了。

大約醃了八個小時後，雞肉放進烤箱，魚用平底鍋煎烤。光吃肉就撐得好飽。

飯後打電話給姊姊，

「明天該做炒麵吧。」

「為甚麼？」

「前幾天不是說要做給我嗎？」

「那個……剛才突然想做炒麵，爸正在吃呢。」

「啊？好吧，下次再做吧。」

「沒關係，反正還要做。」

「『還要？』明天要做甚麼口味？」

「坦都里羊肉。」

「甚麼？我們家今晚吃的是清一色坦都里。」

「怎麼會？我的料都已經醃了。」

「算了，每天吃受不了。」

「那，明天再聯絡吧。」

這種事情幾乎每次都差不多。

掛斷電話前，我們互相感慨說，難道不能把這個超能力用在其他更有意義的事情上嗎？

21

我家附近，有一家森茉莉老師每天必去的咖啡廳。

森茉莉老師總是坐在同一個位子，點一杯紅茶，坐上一天，後來，甚至會主動去拿東西吃。對她如此包容的，是店老闆。

那究竟是甚麼樣的地方？我好奇地去看，老闆夫妻一如當時的精神飽滿。

客人上門時，他們會先分辨：「這個人只是附近的人？還是美空雲雀的影迷？或是喜歡森茉莉？或是在學魔術？」沒錯，這家店基本上是散見全國各地的魔術咖啡廳之一。不是連鎖店，而是仰慕國立演藝場魔術大師的人在各地以同樣店名經營的咖啡廳。真是一段美談。

我點了咖啡餡蜜，濃郁的咖啡味道非常好吃。老闆娘笑著幫我解說。店裡雜亂陳設著古民俗藝品和她巧手製作的押花及刺繡，細膩精緻，已然超出嗜好的範圍。店裡也有美空雲雀角落。兒子是首屈一指的趴板衝浪高手。這家人真是無所不能。

老闆知道我是森茉莉的書迷，告訴我許多當時的事情，甚至送我當時森茉莉專題報導的剪貼影本。

絲毫沒有強迫推銷的感覺，爽快的感覺真好。

通常，來到這種有許多選項的店家時，多半會成為「款待老闆的客人」，但這家店始終讓人覺得高尚。

森茉莉寄來的信、森茉莉在這裡看到欣賞的男士後說的話。生前的森茉莉確實在這裡。我坐在和照片中相同的那張沙發上，有種不可思議的感覺。

老闆笑說：「就當是來看我的吧！」露了一手魔術。

他是第一代引田天功的徒弟，手法鮮明生動。

他拿第二代的天功公主「十六、七歲時」和「（超魔術師）馬力克年輕時候」的照片給我看，顯見他在魔術界的資歷夠久。

這是老闆真心喜歡、尊敬國立演藝場魔術大師們而幸福開起的店，讓我感覺太美了。豆子磨出的咖啡非常香醇。

真的很香醇，絲毫沒有素人炫耀手藝時的那種壓迫感。我有賺到的感覺。

我高興地想，啊，森茉莉也愉快感受到這裡的自由空氣耶。

22

我們一邊吃飯，一邊聊著死去的人。

她是自己結束生命的。現場有雙紅鞋，好像就是發現命案的關鍵。

我忘不了她先生那句話。

「紅鞋，很像她的風格。」

她真的是符合紅鞋印象的華麗女子。

先生有去找她，但只是不知所措地望著遠方，沒發現地上的紅鞋，因此非常懊惱。

字跡潦草的遺書上，簽的不是她喜歡的新名字，而是本名。

一切都是傷心的故事，大家擦著眼淚、擤著鼻涕、吃著東西。

大家不自覺地繼續吃，雖然是豐盛美味的一餐，但沒有味道。

守靈夜時吃到的壽司、便當及啤酒，都是這樣的感覺。

我也漸漸到了知道變得有點硬的壽司、冷掉的便當和微溫的啤酒能緩和人們多少情緒的年齡了。

不在乎那些事情，笑嘻嘻舔著煉乳的小不點也有些不捨。幸好有小不點在，大家不自覺笑一笑，看著小不點，得到一點活潑氣息。

齊聚一堂懷念某個人的時候，最好是各種年齡的人都在。這樣，至少可以緩和一下氣氛。

23

E從皮包裡拿出一個暖烘烘的圓麵包給我：「這是菲律賓很有名的麵包，請笑納。」

對日本人來說，菲律賓的食物總是不可思議的組合，但是習慣以後，就覺得那種不可思議才好。

例如，那個麵包是甜麵糰做成，有點像油酥麵糰，不知為甚麼要做成圓形，而且非常大。也不知道為甚麼要在介於奶油淇淋和鮮奶油之間的濃稠奶油上，放上許多乳酪絲。

雖然不得其解，但咬下一口，是奶油和乳酪融合略帶甜味的美乃滋風味，好吃得不可思議，餘味無窮。

E的弟弟從菲律賓帶來許多伴手禮給她，那個麵包是其中之一。她又慎重其事地送到我家。讓我感覺好好。

E的女兒在日本出生長大，她對E說：「媽媽皮膚黑，要白一點才漂亮。」女兒也不欣賞E的天然捲髮，要她把頭髮燙直，比較好看。E笑著說：「再怎麼美白，一曬到太陽，立刻又變黑了。頭髮燙得再直，很快又會恢復捲髮。」女兒一定是把學校裡人家怎麼說她的話直接轉移給媽媽吧。

我很想跟她女兒說，在媽媽的祖國，皮膚曬得黑亮、頭髮有漂亮的波浪，才是美女啊，媽媽那個樣子就是最美的女人。不過，她女兒自己以後也會發現吧。

24

大部分西式餐廳的餐點都不如外表看起來的那樣好吃，因為都是還不知曉真正美食的年輕人做的。

附近有家非常年輕的人經營、供應五穀飯的餐廳。

那些孩子肯定都不到二十五歲，大夥兒住在一個房間裡，很認真地經營餐廳。他們可能沒有充分吃到媽媽的手工料理，也很少品嚐其他食物的經驗。看起來就是週末和朋友去夜店跳舞、平常只吃些輕食的生活型態孩子。

因此，雖然拚命強調餐點健康，但是欠缺味道。

我想，決定性的問題，在於他們用的是回鍋油，讓所有的菜都變成同樣的味道。因為離家很近，我偶爾去吃。午餐的「山椒風味秋鮭」，醬汁放得太多，變成醃山椒了。又因為是用回鍋油炸山椒，整個糟蹋掉了。我想，他們沒有吃過真正美味的秋鮭，難怪那樣弄出來就很滿意。

朋友的女兒很會做麵包，偶爾送些過來。那個麵包真的好吃，不用搭配任何佐料就能吃。

我把她做的肉桂葡萄乾貝果切成兩半，稍微加熱，夾上蜂蜜和乳酪，比任何咖啡廳供應的都好吃。吃過一次，舌頭再也無法回頭。她如果開咖啡廳，絕對不會供應在此水準以下的東西。如果因為經費的關係，不能供應那麼好的東西，也可以縮小尺寸，或按黃金比例，減少蜂蜜和乳酪的分量，真的有很多作法。

做餐飲的人先知道自己想吃的東西，再從這裡起步，這才有趣。

我無法不認為，那女孩談過許多戀愛，在許多地方吃過真正美味的東西，那些感受與記憶都存活在她的麵包之中。

還有一個類似的故事。聲稱「年輕」、其實有點年紀的朋友在惠比壽開的咖啡廳「HEXAGON COFFEE」，果然是吃過美食的人開的，有點與眾不同。

外表就是非常時髦的餐廳，味道更甚於漂亮的外觀。

那裡的鐵板生薑豬肉乍看很普通，但是飯煮得十分完美，撒在上面的白芝麻和豬肉非常搭配，肉片很厚，但肥油不會過多，是一般西餐廳也難得有的品質。

我想，是他以前去過許多地方、吃過許多美食、想過許多特色的經驗，才做出那樣引以自豪的味道吧。所以，近中年期的人開的餐廳，今後會越來越有意思。

25

我覺得現在最好吃的壽司，是四谷「壽司匠」的壽司。

在「實在好吃」這點上，意見一致的我和朋友，吃遍那裡的招牌菜，酒也喝得一乾二淨，最後，醉醺醺地問老闆：「為甚麼那麼好吃？」

老闆的回答很精采。

「一大坨米飯加上許多新鮮生魚片材料的壽司，是會讓認為這樣才是壽司的人感覺對味。不過，要是我的話，看到這樣的壽司，會想把米飯和生魚片料分開來吃。咖哩和印度菜不同，日本拉麵不是中國菜。我想，道理相同。我是把白米飯和生魚片材料融為一體，整個當作一道菜來品嚐。這很重要。而且，今天要吃的量，如果一次都端出來，客人肯定吃得勉強。如果分批以不同的味道輪番上桌，客人就會覺得好吃，不知不覺吃下很多。人啊、都是這樣的。」

我一向認為好餐館必有印證其觀點的想法，果然是有。

26

我做飯時不喜歡太過瑣碎，多數時候是過於粗糙。

昨天晚上，打算做蛤蜊義大利麵。

突然發現沒有白酒，又懶得去買，這時想弄點異國風味，於是放了一點紹興酒、很多奶油和大蒜，再用魚露調味，出乎意料的好吃，真是恰到好處。

以前完全不會做飯時，無法拿捏得這麼好，光是做一道菜，就緊張兮兮搞得好累。

能夠隨時做出固定的菜色後，動不動就想賣弄「自己的味道」、「自己的個性」。這麼一來，餐桌上確實只擺著「自己的味道」，但是很累。而且，相同的味道，就像精選輯的CD，沒有留下餘地，縱使都是好歌，聽得還是一顆心蜷縮起來。

後來，到了某個時期，突然想尋求「普遍的味道」。這時，想做給別人吃的心態很重。例如，精心烹調自己不那麼喜歡的魷魚和蝦子，務必做出普遍的味道。

我這樣寫，好像我很會做菜似的，其實不然。經過這個階段，就可以「本來打算做白酒蛤蜊義大利麵，因為材料不足，只好用現有的東西湊合了」。

看著自己這一路走來的做菜之道，發現和「寫小說」非常類似，真的很有意思。

27

想吃水餃，一家人去中餐館。客滿，等候的人排到門外。我覺得這樣等下去不行，改吃別的東西吧。可是小不點說一定要吃水餃。附近還有一家水餃好吃的餐廳，可是那天休息。

那就回家自己弄吧。本來要在外面吃的，突然改變主意，回家自己做，肯定很麻煩，於是決定一切從簡。

我把買來的宇都宮餃子，一半放進湯裡（香菇蔥花小番茄雞湯），仿照餐廳裡的湯餃，已經吃得很滿意。另外一半用油煎，撒上柚子胡椒。小不點頻頻喊著：「餃子、餃子。」吃下不少。

然後，把同時買的富士宮炒麵乖乖按照指示做出來。絕對要遵照盒子上的指示去做，才最好吃。

不同產地的冷凍食品聚集在我們家餐桌上，讓我們有個快樂的夜晚。在家吃飯時最好是大家都完全放鬆，毫無勉強，想吃的時候就吃愛吃的東西。

28

聽到名主持人MINO MONTA在電視上談到他吃過的最好吃奶油培根義大利麵後，我忍不住也好想吃。

他是在電視節目《SMAP小館》上，嫌SMAP眾人做的奶油培根麵不對味，和他記憶中的味道不一樣。

看那個節目時，我總是在想，再好的食材、再高明的專家指導，即使他們都很聰明，但在攝影棚裡眾目睽睽下做出來的東西，就是不如在館子裡吃到的那樣美味。那個奶油培根義大利麵看起來真的很好吃，我想更是如此。

而我也被牽引，去做奶油培根義大利麵。

兒子、丈夫和朋友都喊餓，於是煮了五百公克的麵條。祕訣是加入大量的乳酪、雞蛋和鹽攪勻，這是我問過義大利人的。幾乎不用鮮奶油，加入雞蛋雖然會讓醬汁顯得不勻，但會變得好吃。在日本吃的時候，切記只能加一點點、幾乎分辨不出的醬油量來提味。

眾人把五百公克的麵條吃個精光，最讓我驚訝。

都怪MINO MONTA說有益健康，吃下這麼多濃膩的奶油培根義大利麵，可能有損健康吧。

29

附近的紐西蘭餐館裡，擺滿漂亮的圖片裝飾，讓人好想去紐西蘭。魚和貝類無比鮮美，蔬菜也新鮮，連葡萄酒都好喝！簡直像天堂。

我夢想著那樣的紐西蘭，品嚐前菜。

可是，客人多了以後，店員漸漸變得焦慮，霸氣不見了，廚房裡的人也一副累得要死的樣子。

我再要一杯葡萄酒時，他們回答說：「有打圓圈的是今天的單點杯酒，寫在那邊的，可能是明天的杯酒！」我聽了，難過甚於生氣。尤其是那句「可能是明天的杯酒」說法，既惡劣也奇怪。現在就寫出來，不是好笑嗎？千萬別說：「抱歉，那是本店的預定表！」

他們大概是真心喜歡紐西蘭的人，在努力打拚的自我崩潰瞬間，內心也感到一些屈辱吧。

我很想認為他們在打烊後會放鬆一下，和樂交談，分享好吃的食物，明天繼續打拚。可惜，在他們身上，我怎麼也感覺不到這種氣息。只感到他們累了回家倒頭就睡，明天來工作時一樣痛苦。

日本人真的很不擅長在這種時候轉換自我本位的意識和心情。

外國人不管是好是壞，都能瞬間轉換自我本位而改變心情，客人太多、上菜太慢，會說俏皮話討客人開心。比起苦著一張臉、充滿壓力的模樣，那樣做較能帶給雙方輕鬆愉快。

下北澤有一家義大利小館，總能設法避開所有的摩擦與不快。瓶栓稍微鬆弛，葡萄酒的氣走掉了，店裡的人總是手忙腳亂。不過，不知是因為站著喝酒的餐館性質？還是因為外國人很多？或者是很少上班族而讓人感到輕鬆？一些隨便的地方，客人都不計較，總是生意興隆。這種店如果開在惠比壽，大概會惹惱客人，店員也感到沒趣吧。

餐館的地點、客層和內容之間的平衡，真的很重要。

我想起來，上次搭計程車時，司機告訴我，他是埼玉縣一家大不動產公司的社長。因為要在東京都內開設事務所，想調查澀谷至三軒茶屋一帶的真正情況，甚麼時間有多少人潮？他們需求甚麼等等。如果只以社長之身來這裡看看，並不在這裡生活工作，很可能判讀資訊錯誤，所以他開半年的計程車。結果發現很多事情，雖然和書上寫的及人們傳說的大致符合，但也有完全相反的地方，慶幸自己沒有貿然開設事務所。

開店很費精神，或許先住到那個地方看看，結果才是最好的。

30

小不點一邊吃飯，一邊自言自語：「圓的！這是圓的！」

甚麼圓的？我抬頭看餐桌，沒有圓的東西啊。

但他又說：「好圓，在嘴巴裡一下子變成圓的。」我仔細想了一下，這道章魚炒京菜裡面有章魚腳，吃的時候，吸盤好像會脫落。

吸盤確實是圓的，是可以這樣說。

31

孩子小的時候，再忙的人都會在家做飯，這是我最近的實際感覺。我的父母也是這樣。看到大橋步的散文，知道他也一樣。還有平野瑞美、平松洋子都是。內田春菊也是。以前我無法深入理解他們有關養育小孩的文章，但現在這些書我視為珍寶，睡覺時都放在身邊。

在外面吃飯很花時間，在家裡做飯可以消除壓力。有孩子後，我們很少外食，請人來家裡吃飯的次數也增加。

我以為大家說小孩子愛吃漢堡是騙人的，我們家孩子應該超愛吃魚，但是那天心血來潮，做了標準的漢堡，只見他吃個不停，令我驚訝，他甚至可能因此拚命記住「漢堡」這個單字吧。在最近以前，他還不太愛吃，似乎到了「幼兒」這個年齡，就突然變得愛吃漢堡了。

看到他這樣，做媽媽的都會想，做給他吃吧。我也走上大家都走過的幸福之路。

我討厭性別歧視，但發現自己遇到男人在外面經常遭遇的眼神（不懷好意的、欺騙的、失敗虧損的、談判決裂的）時，也忍不住像男人一樣變成具有攻擊性。雖然我在攻擊性的勝負遊戲中看不出甚麼價值。但是男人，即使是纖細、娘娘腔的人，還是要在勝負之中發現樂趣。即使是以不懷好意、嘲諷而勝的形式。

但我再怎麼粗魯，終究是女性，照顧和滿足別人需求的機能，還是比男人發達。我無法不認為這就是性別差異。老實承認這點，想法就會不同，承認以後，反而變得非常輕鬆。男女都一樣。

我的男性朋友說：「有人幫我倒酒、幫我夾菜，光是這樣，就讓我很高興，覺得特別好吃。」在男性社會中積極工作、疲累至極的我，心裡卻想：「討厭，男人都有戀母情結，喜歡服侍型的女人。」

但現在，我終於可以理解。

大家都在懷念媽媽把他們擺在第一、照顧得無微不至的記憶。

而今，我退出積極工作的男性社會，做了媽媽，可以輕鬆回應他們的期望了。我不認為這是退化，我想是適才適所吧。這也是經歷過積極工作的男性社會後才有的實際感受。

32

朋友想吃美味的長崎什錦麵，試過許多店家。好長一段時間，他漫不經心走進許多不夠道地的餐館，後來在三茶那裡發現一家不錯的店，才結束這辛苦的尋麵之旅，真是太好了。

長崎什錦麵真的是一道不易享受到的麵食，首先，它最適合長崎那有點潮濕、但白晝乾爽的獨特氣候和氛圍，因此，光是在東京吃它，就要先扣幾分。

那是混合許多要素的食物，稍有閃失，味道就像殘羹剩飯。它和大鍋煮的相撲鍋一樣，貝類、豬肉和青菜一起燉煮，讓有點硬的麵條入味，做法看似簡單，但要弄到好吃，非常困難。如果不用長崎的新鮮魚貝類，更是不行。

大部分店家的長崎什錦麵都會犯下「麵條變涼時即失去彈性」的最大失誤。

朋友是長崎人，只是想吃好吃的平常味道。他腦中的長崎什錦麵，一定是兒時刻下的記憶之味。甚至有印象中的味道比實際味道更好吃的可能性。

我到處吃可樂餅，也覺得任何名店的味道都不如小時候住家附近的好吃。這情形大概一樣吧。那家豬肉舖還在，還是同個老闆在炸可樂餅，完全相同的味道！所以，我去那裡時必吃。我相信其他地方一定有更好吃的可樂餅，但那裡的味道還是讓我難以忘懷。雖然不像小時候那麼感動，但現在每次吃到時，還是忍不住想：啊，就是這個味道！

或許，朋友尋求的長崎什錦麵味道，是不能在大東京吃、是不倒轉記憶就吃不到的東西。

談了許多這方面的話題後，正好還有時間，於是去澀谷一家他認為水準以上的店。

雖然是中餐館，但有賣長崎什錦麵，是家老店，東西便宜，總是客滿。也有啤酒和小菜的套餐。

當然是化學調味料的味道，館子很舊，到處斑駁，但裡面的氣氛熱絡蓬勃，長崎什錦麵熱騰騰的，蔬菜和香菇很有嚼勁。

這是一家讓人感覺下班後和朋友來喝一杯、再吃碗熱呼呼的什錦麵或炒麵、輕鬆愉快、因而想在附近工作的和平小館。

那天也有一行四個穿西裝的人，其中一人指著先前已在的四個人笑著說：「啊呀，我看人都走了，鎖了門才來。」那夥人笑著說：「先來占位嘛！」很久沒在東京市內看到這樣快樂、不顯得筋疲力竭的上班族了，感覺很愉快。我想，他們一定是得到這家店的力量。

客人得到力量而充滿活力，還會再來光顧，作為回報，形成絕佳的良性循環。看來，東京的長崎什錦麵界也不容輕易放棄。

33

或許和景氣恢復有關，走在街上，感覺人們的表情比前一陣子柔和些，雖然只是很些微的差異。

但也覺得，落魄的人似乎更跌到谷底。每次看到臉色極壞、漫無目標、沒有夢想也無希望而痛苦徘徊的人，就忍不住為他們祈禱，請讓這個人的生命中也有輕鬆開懷大笑的時刻吧。

偶爾有「雖然沒有興奮激動、但基本上工作和人生還快樂」的人，看起來就很亮眼。人們也不自覺聚集在他四周。

我在茶飲專賣店打工時，正是泡沫經濟時期，人們莫名慌慌張張、貪得無饜。雖然是悠然品茶的地方，但這個概念似乎還太新，人們總是大口喝茶，狼吞虎嚥，匆匆付賬，快快離開。

不過，還是有從容悠哉的人存在。那些客人上門，我們也鬆一口氣。

我常覺得，完全不知道時代的步調固然是個問題，但擁有自己的步調更重要。歸咎於旁人很簡單，但自己如何行動，也需要好好省視。不要行屍走肉似地緊皺眉頭、面色慘澹、急步向前。

34

我很不擅長做東西給人家吃。

做東西給人家吃時，自己要有心理準備：「就看對方當時的身心狀況，無論剩下多少不吃都沒關係。」或許不合他的口味，或許他剛好不餓，總之，只能盡其在我。

孩子高興時只吃他喜歡的東西，其他的剩下不吃。可能以前的男朋友中，有人留下更多不吃！

如果都一一放在心上，我的心情恐怕承受不住。

不過，為別人做了十幾年的飯後，「自己想吃」的慾望會變成次要。雖然矛盾，但我覺得，不擅長就不擅長，只要按照自己的口味印象去做，那樣就好。

如果能夠這樣，下次去餐館時，「想立刻嚐鮮」的貪吃欲望會減少。會讓別人多吃，或是讓孩子先吃。

我不知道這是不是一件好事，只確定大人的想法常有變化。

35

最近有賣冷凍真空包裝的洋蔥酥。

我無法形容那對我煮咖哩有多大幫助。

把生洋蔥均等切碎（我覺得均等切碎最重要，如果切得不均勻，會延遲炒熟的時間），花三十分鐘炒成麥芽糖色，看著就愉快，食物還是新鮮的好。

可是，孩子在旁邊晃來晃去，實在很難做到，讓我總有些不盡興。不過，沒有炒成麥芽糖色的洋蔥燉煮的咖哩，還是好吃。

現在，既然有已經炒好的洋蔥酥，三十分鐘左右就可以做出近似中村屋咖哩的東西，第一次做成時的感動，無法以言語形容。

因為我以前炒洋蔥時總是有點失手，弄成沒有甜味的咖哩。

以前，我覺得中村屋的咖哩像是魔法變出來的美食。無法想像是怎麼調出那種味道，只能津津有味吃著。最近帶兩個義大利朋友去吃，在像是家庭餐廳的氣氛裡，嚐遍美食的他們起先露出有點失望的表情，認為這種地方不可能有驚人的美食，而且還是咖哩！

但當那道有名的「印度咖哩」上桌時，當場施展魔法。好吃、真的好吃、不是普通的咖哩。他們讚不絕口，希望在日期間還要再來一次。

我以為老闆不會公開真正的作法，但他拿出一本咖哩書，上面登載所有的食譜。雖然是家庭用的分量和材料，他還是大方公開那「印度咖哩」的作法。我看到那本書時，對他們的自信和大方，感動不已。我想，就是因為這樣，這家店才能屹立在新宿的正中央，總是高朋滿座。

36

朋友每週一次來當保母時，就會帶來一種他住的「麵包熱戰區」代代木上原的麵包。託他的福，我漸漸熟知那個地區的麵包。

不愧是麵包熱戰區，三明治的餡料也不斷進化。

豬肉、胡蘿蔔加香菜的微酸口味，生火腿加少許的拱佐洛拉（Gorgonzola）乳酪，核桃配藍乳酪，都是日本想像不到的三明治組合。

時代變囉！我像歐巴桑一樣不停感嘆。也感謝自己那從火腿乳酪蛋、番茄小黃瓜時代到現在都能享盡美食的舌頭。

偶爾去上原時，看到麵包店的招牌，「啊，這裡有那個咖哩麵包」，「這是甜甜圈那家店」，雖然沒進去過，卻有熟悉的感覺，很不可思議。

常常有住在這裡似的幻覺掠過心頭，啊，對了，是朋友來買過，心裡又感到暖洋洋的。

37

姊姊興奮寄來香菇的照片，「我們摘舞茸菇了！」

照片裡的香菇看起來確實是舞茸菇，問她：「是哪裡摘的？」原來是很久以前從群馬拿來的舞茸株種，種下以後沒甚麼變化，也就不再管它，完全拋在腦後。沒想到經過秋天的漫長雨季後，走到院子一看，長出一大叢，摘下驚人的數量。

姊姊說味道很好，於是要她送點過來。應該是好吃的，只是我毫無來由想到娘家的院子很潮濕，旁邊的墳場又閃過腦中，雖然是香菇，還是拚命搓洗到難吃的地步。

其實，仔細想想，市面販售的香菇是哪裡栽植的？誰也無法保證，我們家院子雖然有貓出沒，但是不骯髒，既是露天栽植，應該也是無農藥。

我每天吃著舞茸菇飯或奶油炒舞茸菇，同時深深感到，我們太無條件信賴市面販售的食物了。

38

我覺得小學時體驗的種種不合理事情中，最大的一件，就是吃營養午餐時有人不小心打翻牛奶瓶，老師不知是看了道德課本還是其他書籍，想出一個策略：「打翻牛奶的話，除了自己當場報告並賠罪外，還要當眾以口就盤，喝一口灑在餐盤裡的牛奶。」

如果只是要教導我們愛物惜物，不必叫我們喝打翻的牛奶，只要徹底讓我們了解牛奶從產地運送到這裡的過程與手續就好，萬一真的有人討厭牛奶而故意打翻，好好告訴他這樣做不對，然後把他的牛奶讓給喜歡喝牛奶的人就好，明明有許多方法，卻非要把「懲罰」帶進吃飯的時間裡，我當時就很不以為然，現在也是。

而且，我發現打翻牛奶的情況每次都不同。在嬉鬧中打翻固然不好，但有時候是被別人的袖子掃到，有時候是真的不小心沒拿穩，卻要那些小孩「在大家面前以口就盤，只喝一口」，不是很奇怪嗎？

我最討厭老師表情凝重，說：「因為大家對牛奶太粗魯，所以，老師決定……」時的氣氛。大家又不是比賽喝牛奶，也不是故意灑到餐盤裡，只是不小心打翻而已。

因為直到今天，我還記得這個教育失敗的例子，所以，無法不希望老師現在也覺得「那是個失敗的教育」。但願如此。

39

到朋友家去玩，他請我吃海鳳梨的肚臍。

海鳳梨身上軟軟的部分都被削掉，只留下好吃的部分，美味極了。其實，海鳳梨並沒有肚臍，那應該是它的頭，漁夫把這橢圓形的部分命名為肚臍，感覺真棒。

我和那家人一起享用了海鳳梨肚臍、裝在大盤子裡的秋刀魚和鰹魚生魚片、肋排、中式沙拉、燉茄子。好吃、熱鬧、快樂。

想到這是我們這個世代的請客方式，莫名歡喜起來。煮完這一大桌菜的女主人隨後也快樂入座。不是最後累得筋疲力盡、坐在幾乎不剩甚麼菜餚的桌前，而是和大家坐在一起，隨自己高興吃即使涼了也一樣好吃的東西，而且是日本菜，感覺好好。

他們家有一隻大狗，不能上桌吃東西，但是一直在旁虎視眈眈。坐在可能給牠東西吃的人旁邊，凝視那人手的動靜。

我們家不久以前，也有一隻那樣的大狗，好懷念那種壓力。

我有了寶寶、忙不過來時，那隻大狗總是淌著口水，把下巴掛在我的膝蓋上，磨蹭著要東西吃，我都在想：「啊，照顧寶寶好累，讓我休息一下吧。」衣服的膝蓋部分總是沾滿口水，有時擦得好累。

我的狗死了，當別人家的狗以完全相同的感覺在精神上和距離上施壓，連鼻子噴出的熱氣感受也一樣時，我和外子都非常懷念，心想只要一次也好，能再餵東西給那隻狗吃。

我心愛的狗快要死前常常吐血，我捨不得丟掉沾著帶血口水的長褲，一直留著。隨便怎樣都好，只希望牠的頭再靠在我膝上一次。

生物壽終而死，不一定是悲劇。那是自然的事情，回憶永遠溫暖心頭。在這趟人生中能遇到牠，絕對比沒有遇到牠好。

雖然如此，我還是難過不已，好想再撫摸一次我家的狗。平常日子都忘記了牠，一旦身在也有大狗的人家中，感觸的記憶便緩緩甦醒。撫摸是多麼美好的事啊。

我沒有給那隻狗吃生魚片或海鳳梨肚臍，但避開大口咀嚼肋排的眾人眼光，吐出口中的肉塊，餵給那隻狗。我把手掌伸入狗的口中，牠舔個精光，讓我高興不已。

「很少有這麼喜歡狗的人來，真好！」他們家女兒抱著狗，在地板上翻滾。將來有一天，女孩也會和那隻狗離別，一樣會感到：「能夠遇到你一起生活，真好。」我希望在那天以前，即使有非常難纏、鬱悶的事情，或是衣服被狗毛和口水弄髒了，她也要好好撫摸擁抱牠。

40

我買了《修道院的食譜》(Cours de Cuisine)。

老早就注意這本書了，昨天在我很喜歡的銀座松坂屋地下二樓的複合精品店裡看到，心想絕對要買，於是買了。只要是現代女性，買下任何一本那裡的書，都是不會浪費時間的絕佳選擇。

這本書裡面有五百多道食譜。一九五五年出版，是布列塔尼修道院的修女們傾其所有烹調知識而寫的書。日文譯者猪本典子在舊金山朋友家裡看到這本書以後，執著追到版權所有者，終於得以在日本出版。

這真是一件很棒的事。

按照一般的作法，會選取其中適合日本人的食譜，附上圖片出版。出版社的人為了銷售，也會這麼建議。但是猪本不願意這麼做。我想，完整傳承文化，就是這樣吧。這個乍看無用也難理解的部分，正是這本書能在各個家庭長久生存的條件。

照片只有幾張，其他都是忠實完整再現的食譜。光靠這一本書，就可以了解法國菜是怎麼回事，只要有這本書，即使沒有進口的法國食材，也能做出法國的家常菜。

豬本明白這本書的價值，是因為在巴黎生活了十年之故。法國味道已經融入她體內。我感謝她原原本本出版的果斷睿智。

這是精彩的書與精彩想法的邂逅。

我雖然數度旅遊巴黎和法國的鄉下小鎮，現在才覺得，我的生命中真正融入了法國味道。

不覺想再買一本送給布列塔尼出身的年長朋友。他一定很懷念吧。

41

我和前男友的父親實叔之間，真的有許多繫絆。憎恨、敬愛、家人的心情和擔憂他疾病的心情，我全都感受過。實叔獨自在山林小屋中去世，因為他想一個人在山林小屋中離世，應該沒有遺憾吧。

我們常在那個山林小屋聚餐。大家常常聚在那裡，一起享用實嬸和暗戀實叔的鄰居太太做的煎餃、可樂餅、日式煎蛋、烤雞、火鍋等家常食物。

因為有油炸鍋，我和朋友還有他們家人把肉和洋蔥串在一起，浸在油鍋裡炸來吃。

想起那時大家一起炸的肉串，便浮現與在其他名店享用時不相上下的幸福滋味。最重要的是，一家人的盈盈笑容。實叔滿臉是笑，串著肉片和洋蔥。我們也幫忙串，就在眼前炸得酥脆，大快朵頤。

最先發現實叔過世的是他女兒。

她哭著打電話說：「在其他人來以前，我怎麼辦？我爸就死在眼前。」不過，她把父親的嘴角擦乾淨後，不覺親了一下他臉頰。

我當時很震驚，卻哭不出來，直到兩個星期後的一個下午，看見實叔做的活動雕塑在天花板上優雅美麗晃動時，再也忍耐不住，哭了出來，還打電話給葬禮結束後終能平靜一下的他們家人。和前男友分手時有些糾紛，他們家和我之間，當然有一些複雜的情結。但在他們接起電話和我一起痛哭後，那些隔閡也消失。

通常，我不會只為了要哭而打電話給遺族。因為會造成別人困擾，別人也不喜歡這樣吧。可是，我那時毫不猶豫，就是打電話過去哭，沒有其他的情緒和顧慮，那種感覺也正好與對方相通。他們家人輪流接電話，雖都訝異我哭得這麼傷心，但也跟著我一起哭。

我不覺想，這是在天國的實叔策動的嗎？

他在我生日的隔天過世，他們家人把他給我的最後郵件轉寄過來。

「生日快樂，小不點怎麼樣了？我在山上。」

想到他寫信的時候還活著，又忍不住難過。

雖然回信他也收不到，但我還是試著回信。

「雖然長期為疾病所苦，但總是笑臉迎人，給我許多快樂的回憶，謝謝你，實叔，我一輩子都不會忘記你。」

我想，他一定會收到。

一想起最喜歡仰望天空看著老鷹的實叔時，總是不可思議地看到老鷹從山上飛翔而下。每一回我都感到好幸福，想起一起吃過的種種美食。回憶不死。我如果到了那個世界，一定能再度和他一起吃飯。所以說，人生的每一件事情都不無意義。

42

松見坂那裡有家生意興隆、營業到深夜的西餐廳。

那裡的東西都很好吃，讓人好奇這種時間怎麼還會有這樣好吃的東西？對四十多歲的我們夫妻而言，這家店的味道是美食的原點。奶油、牛油、胡椒、大量的肉、貝類、魚。

歐巴桑、歐吉桑、年輕人、同業和附近的人都來。有特別關係的人和饕客都能滿足。食物量也按照點菜情況調節。服務小姐動作俐落，笑容可掬、心思機靈。老闆娘肥胖沉穩，面容和藹。老闆掌廚，瀟灑揮動平底鍋。對老顧客特別親切，新客人也覺得舒服。

我們夫妻大口品嚐肥腴的炒蘆筍（澆上絕品的奶油醬汁）、蟹肉可樂餅、奶油焗蝦、雞肉飯和招牌湯（蛤蜊番茄奶油味）。好吃得懷念不已。

即使沒來吃的日子，想到半夜三更時這裡依舊燈火通明，心裡也突然溫暖起來。

店裡雖然嘈雜和有絕對說不上是現代風格的感覺，但能感到一種懷念的氣氛。雖然覺得這樣的餐館值得表揚，但是客人經年絡繹不絕，肯定是早已得到表揚了。

43

我在台灣喝到震撼十足的藥膳湯。

大家都有點感冒的徵兆，喉嚨痛、流鼻水，看著旅遊指南上黑溜溜的藥膳雞湯，心想，這熱騰騰的東西不錯嘛。

我和其他幾位旅行團團員以前吃過類似的藥膳火鍋，一次是羊肉爐，另一次是當歸烏骨雞，營養滿分，也非常好吃。

看著照片，外表就和那些藥膳湯一樣，心想應該也一樣吧。若能治好感冒，不是更好？於是興匆匆前往那家店。

店裡燈光耀眼，隔成一個個小房間，菜單上只有藥膳湯。

店家先拿日文版的功效說明書給我們看。這個湯基本上是空腹時喝三碗。可以促進新陳代謝，對糖尿病也好，還能減肥⋯⋯。用五十多種中藥熬煮而成。說明書也寫著身體不舒服的人喝了會感到倦怠，這是身體好轉的反應，沒有問題。還寫說一切功效都是因為湯中的成分發揮效用，完全沒有添加酒類。

但是！

端上桌的東西外表看似鮮美的雞湯，味道卻像酒精度四十度以上的蛇酒。又苦、又嗆，越涼越難喝，實在無法下嚥。

我們想喝啤酒，店家說沒有。也沒有其他酒類。想用酒來過濾食道也不可能，大家心情更慘淡。

少得可憐的燙青菜終於上桌，安心只是一瞬間，因為沾醬是醃泡大蒜好幾天的超級蒜味醬油。淺嚐一口，就知道自己變成了蒜頭炸彈。

湯鍋以外唯一的食物，是煮得過爛的麻油麵線。

不知怎的，大家漸漸興奮起來，咯咯笑著。

仔細一看，鄰桌的陌生人也在咯咯大笑。看來是酒精成分讓人亢奮。我確信湯裡絕對有加酒。

突然，坐在對面的朋友流出鼻血。店員看到，還笑嘻嘻地點頭……，雖然可怕，但好像很常見。

上廁所時，看到有個寫著「嘔吐槽」的台子，難怪。就連這個國家的人大口喝下後也無法消化。

那天晚上，我們各自遭到鼻血、頭痛和嚴重腹瀉的襲擊。只有沒感冒的年輕男人和那個嫌味道太重、只喝一碗的中年人沒事。

回國後一個星期了，還有人腹瀉、頭痛，或是輕度發燒，甚至偶爾流鼻血。

大家互相安慰：「這些症狀結束後，身體一定完全淨化了……」想到有人日常飲用那種東西化為精力，想到他們身體的強悍，竟有一種真實的感動。

那確實有驚人的效果，只是太強了。

經驗過台灣的腳底按摩和針灸，大家一致的印象是，衝擊都沒那鍋湯那麼劇烈。感覺那湯像給身體源源灌進強大的能量，在身體裡面流竄，胡亂治療。

不是日本人習慣的細膩治療。

我不知不覺認真思考起國民性來。

44

大家都有點感冒，說話夾著咳嗽。幫傭M說：「我幫你們做巴西的感冒藥吧？」我和陽子深感興趣地等待。

M年輕時在巴西經營農場，小感冒時喝點那個東西就會好，感覺快要感冒時就喝。

把蒜頭切碎，加入檸檬、鹽巴和熱開水，雖然有嗆鼻的蒜味，但滿好喝的。大蒜的後勁沒有想像的強，味道也不重。身體變得暖和，精神彷彿恢復了。

只有小不點說：「好難喝。」不肯喝。其他人都覺得好喝得想再來一杯。或許是她特地為我們做的心意愉悅了我們。實際上感冒也好了。

不只是因為民俗療法有效，有很大的因素是，M那像是媽媽味道的東西溫暖了我們。

我並不否定西藥。如果沒有西藥，我那身體孱弱的母親恐怕已經不在世上。當用則用，才能蒙受藥物的絕佳恩惠。不過，那也需要有溫暖遞送過來的手和能夠信賴的判斷。

我家附近有一位用藥量驚人的醫生。去他那裡看病，回來時直接去藥局，買處方箋上多達十種類的強效藥物，全部在餐後服用。有嘔吐就吃止吐藥，有咳嗽就吃止咳藥，有過敏則加止癢藥，還有胃藥、散熱劑、抗生素……。醫生說他那裡人手不夠，不能打點滴。因為藥有效（能吃完那些，不知多有效啊），那家醫院總是人滿為患，但我總認為那裡沒有醫生，只有胡亂處方大量藥物的人。

如果我多一點感情，採取徹底溝通的戰術，可以打動醫生的心嗎？還是因為彼此本就無緣，不留下任何關係而去，對彼此都好？這些事總是讓我有點煩惱，因為同樣是人，他想讓眼前的病人輕鬆愉快、想治癒病人的心情，並無一絲虛假。

只是，一想到可以把自己的寶貴生命交給他嗎？即使只是短暫的一刻，腳步也不自覺背向那家醫院。

我怎麼也無法認為，那強硬叮嚀：「還要回診一次，後天一定要來！藥都絕對要吃！」的聲音是因為有愛而顯得嚴厲。

45

台灣的小籠包名店陸續在日本開店。

我興奮地去過幾次。但總覺有點不對。是溼度嗎？還是因為點心的銷售情況而有微妙的等待時間？我不知道。覺得東西確實都一樣，但就是有些不對。

我想，和台灣最不同的地方是，在日本，很多人拿小籠包當下酒菜。台灣則是晚飯、點心、消夜，最後的最後，才能加入下酒菜這個要素。

台灣的店裡空氣清爽，大家開心大嚼。但日本沒有這種感覺，因為喝了很多酒，食客都有些無精打采。老年人很少，也有點遺憾。

果然，空氣是無法帶過來的。

我去尼泊爾時，老婆婆在路邊煮茶販售。那是稍微想想衛生狀況就不敢喝的茶。在路邊低窪處，用舊鋁鍋大火快煮，牛馬經過，揚起漫天灰塵。老婆婆的手漆黑。

不過，裝在可愛的素陶杯裡的熱茶，好喝得無法想像。

如果那地方不是擁有乾燥的風、馬糞的味道、灰塵、清爽稀薄的高地空氣、湛藍的天空、遠方閃閃發光的雪山……，不會形成那樣的味道吧。

46

有人說：「名品無美食」，但是我在名古屋吃到的鰻魚飯。真的美味極了。

我是老饕，所以知道，那個盤中凝聚了多少讓食物每一次都愉快好吃的祕密。雖然有人說第一次是吃原味、第二次是靠著中藥味、第三次是靠著柴魚醬汁、第四次是用最喜歡的吃法，所以百吃不膩，但我還是很訝異那多到不行的鰻魚和飯量。

我想，即使把飯量減半，少放點醬汁，小菜也減半，還賣原來的價錢，一樣行得通。但儘管生意很好，他們並沒有這樣做，料多實在，擺盤不俗。

看到他受歡迎的祕密，心情自然也豐富起來。

朋友說無論如何都要弄到那個鰻魚飯食譜，拜託熟人弄到。雖然不知道他現在用到哪裡，但他那個行動就是絕對好吃的證據。

47

姊姊做的可樂餅真的很好吃。

和我小時候吃的肉店可樂餅有難分軒輊的魅力。都好吃得似乎那個肉店老闆和姊姊死了以後、我這一生不再吃可樂餅也無所謂了。

我問過姊姊做法，照著去做，做不出那種外頭酥脆、內裡鬆軟的可口滋味。那是吃過的人都肯定的佳作，甚至覺得一年比一年好吃。

那是我年輕時一心向外尋找美食時所疏忽掉的美味。當我們不停向外尋找時，會錯覺沒有金錢買不到的東西。

但如今我認為，家常菜的厲害，在於它才是塑造這個社會、傳承精心培養的美味、而且是其人死後即消失不見的唯一絕對味道。

我的孩子進入青春期後，一定會吃膩家裡的食物，經常買外面的東西吃，或是放學時在外面解決晚餐，或吃垃圾食物，總要這樣繞過一圈後，才會發現這一點吧。

銀座高架橋下那些明顯違反建築法規的店家漸漸消失。好冷清！下北澤也是同樣的冷清狀況。那些店家或許外觀不佳，也或許不夠安全，但就不能想方設法、保留原有氣氛而加以改裝嗎？雖然人們似乎有在這種有點寂寥的環境中感到放鬆優閒的習性。

待在這種有點陳舊、布滿灰塵、沒有窗戶、不特別好吃、沒有漂亮小姐、也沒有瀟灑大叔、只是普通親切的老闆有點隨興經營的店裡時，總有一分優閒、舒服、溫暖。不過，現在的年輕人不太知道那種感覺，所以不會尋求那樣的店家，只要是燈火通明的大樓中熟悉的餐廳，味道也差不多，就感到放心。

在我看來，「好貴！難吃！」大概已成了標準。

對我來說，好貴！難吃！比「味道差強人意、但是氣氛不錯」還令我生氣，但在非我世代的年輕人感覺中，他們從小熟悉的感覺，就是那種感覺。像購物中心附設餐廳那種只是填飽肚子的感覺。非餐飲公司經營的手冊餐廳。

不過，趨勢的改變終究無法遏止。現在的年輕人，也有人很喜歡高架橋下的小餐館，也有很多人勇於在那裡開店。因此，不妨以稍微不同的形式留下那種感覺吧。

我一心認為，至少，讓那裡就像自家的餐桌般，永遠有不變的相同氣氛。讓孩子不論長到多大都會懷念。

不必拚命去做，也無須勉強去做，只要留下輕鬆優閒的氣氛就好。只要有輕鬆優閒的氣氛，自然沒有難吃的東西。

我剛生產完時，不能走遠，老是吃百貨公司地下美食街的便當。但是再好吃的便當，也不如家裡的飯菜香。不論放進多少各式各樣的珍稀蔬菜、很費工夫的小菜，只要時間久了，都變得難吃。甚至比不上自家燙的綠花椰菜爽口。

我讀高中時，是家裡氣氛最糟糕的時候，吃飯時我幾乎都不說話。老么本該扮演取悅父母的角色，但家裡的問題實在多如山積，沉重得讓我做不到。幾乎只是無意識地坐上餐桌，連招呼都不打，完全不和家人說話。

我雖然不後悔，但還是很想對當時不安的自己說：「要相信未來」，要更珍視今天一天的餐桌，笑對家人。

49

朋友M定期送來烤麵包。

我在前面寫過那個麵包。真是細膩美味之作。雖然我有支付形式上的材料費，但以費工的情況來說，她恐怕沒有甚麼利潤。

有一圈巧克力的吐司、加入香草的義大利厚餅（focaccia）、貝果、兔子形狀的麵包、香腸麵包捲、酥脆的玉米麵包、放入大量綠葡萄乾的瑪芬蛋糕、辣味咖哩麵包、很多核桃的麵包、檸檬皮麵包、櫻花紅豆麵包、無花果果醬麵包、羅勒乳酪麵包、芝麻黃豆粉麵包、乳酪棒麵包、司康餅……，五花八門，品質達到市面販售的程度。最近，M的包裹一送來，我家小不點就問：「那個盒子，麵包？」

我想像M在她家廚房揮汗揉麵、細密循著順序做麵包的樣子，感覺很美而性感，不覺心跳加速。日常有這樣可口的東西吃，太奢侈了，我總是把不能馬上吃完的分量冷凍起來，保留美味到最後來享用。這種時候，我確實感到承受了朋友的時間。或許，製作者才知的食物精妙，就是這個。

50

根津有一家專賣油炸食品的餐館「漢亭」。

那家店在我小時候就有了，建築也是明治時代迄今的三層木造樓房，非常珍貴。漢亭的東西非常好吃，人氣很旺，當然也有分店，總是供應精美組合的新鮮食材，環境乾淨，店裡的人也都和善。

不只如此。我認為這家店包括味道、人員、建築物等，是間偉大的店，是文化的遺產。

我從中學到現在四十多歲，只要有機會，一定來這家店，享受這個味道。來得越多，越覺得老店偉大之所在，以及東京人的豪爽。

聽說現在繼承家業的年輕老闆畢業於文京六中或文林中學（好本土啊）。我朋友和他同班。所以，他應該是和我在同一地區長大的同年齡人吧。

那裡雖然是陳年老店，但毫無拘謹的感覺，穿牛仔褲的人、上班族等輕鬆上門，店家不會以貌取人而有差別待遇。我在老老闆當家時就曾想過，下一代當家時會變成怎樣？會這樣想，是因為在我們那個舊市區裡，第二代做垮老店的故事多過更趨發揚光大的故事。

那天探望母親歸來，時間已經很晚，「去漢亭吃點東西吧？」我們夫妻帶著小不點，走進睽違頗久的店裡。

沒有預約還帶著小孩，店員毫無不悅，帶我們入座。沒給小不點兒童椅，但貼心放著雙層坐墊。醬汁不辣，用番茄醬代替味噌。在這機靈之人越來越少的手冊社會裡，很感謝這裡完全沒有那種制式的應對情況。

人在廚房的年輕老闆看到我們家小不點，立刻炸了鵪鶉蛋和地瓜，讓老闆娘送過來，「因為你乖，招待你的。」

偶爾會聽到廚房傳來對奧客的回應，但不會讓人不悅，而是充滿風趣與愛心。就是那種客人「來得有些晚，但也不好意思直說已是最後點餐時刻，只好編個理由，隔一會兒才上菜」的感覺。啊，東京人的感覺，好懷念。

店員太忙，沒看到時，年輕老闆不會放著炸好的東西不管，而會親自送到客人桌上。我想，他是真心熱愛工作。

同年齡的我，似乎了解藏在他心裡的東西。

也知道他用和父母完全相同的方式維持這家店，是多麼不容易。菜單雖然會隨季節變化，但幾乎一樣。能夠不厭煩地繼續油炸食物，保持良好的品質，真的很不容易。一旦味道不對，老客人就不來了。他理解這點並且願意繼承的智慧，令我感動。

我年輕時認為：「未來是無限的。」某種程度來說，確實如此，真的要到中年之後，才知道有被和「未來是無限的」相同程度的某個部分限定的事實。父母越是偉大，子女越是難以真正領悟繼承其業的重要與價值。因為年輕時凡事都想照自己的方法去做。我想，那個年輕老闆是真心要延續這家老店、喜愛油炸吧。

人不會只因味道、價格、場地豪華而心動，而是因為別人灌注其中的愛而心動。

……唉，也不清楚狀況如何，就寫了這些，連那個年輕老闆是不是老老闆的兒子都還不知道。不論如何，今天根津有一家好店，讓大家吃到美味的東西，店裡充滿活力，則是千真萬確。

51

前面寫到一些、凡事親力親為的我在不得不請幫傭時，有種失敗感。

我變得不安，從一種像是擺架子、完全看我方便行事的感覺出發。大概是我不喜歡請人做家事，因而在無意識中否定整個狀況吧。我記得很不願意深入觸及那件事。

巴西歸來的M長得很像我祖母，是倔強、爽朗、細心、愛美等各方面都讓我懷念的人。

M喜歡喝咖啡，不知從甚麼時候開始，M來的時候都會有十分鐘左右的咖啡時間。不過，她總是提早十分鐘來，不算怠工。

這個時間，嬰兒保母多半也在，所以常常一起吃著點心，快樂交談，感覺這個時間才是人生的重要時間。我也自然暫時放下工作，稍微提神醒腦一下。

或許有人會想：「為幫傭去買咖啡、煮咖啡，不浪費時間嗎？」但只要花費這一點點工夫，就能得到幸福、笑容、餘裕和休息。長久累積下來，可以建立真正困難時互相幫助的基礎。當然，我不是在期待回饋，那只是為了可以信賴的人挪出的時間，只是單純的相遇。我尋找喜歡工作、不願扭曲自己的人。雖然彼此的成長環境不同，很多方面不能契合，但在工作的世界中還是能夠和睦相處。我不求完美，因為自己也不完美。我正學習這一點。

去買咖啡時，總是想起M的笑容。反正也要買自家喝的咖啡，不是專程為她而去。買了香醇的咖啡豆，其他人也高興。花一點點小錢，就能增加幸福。

如果覺得「不隨時準備咖啡豆不行，也要花錢」，就是感情貧乏的惡性循環開始。只要彼此意念相通，「抱歉！今天沒買咖啡」，「啊，是嗎？」改喝甘醇的茶也可以。如果因此擺出難看臉色的人，一開始就和我無緣。

不管收取多少金錢，去清掃別人的家，都是件辛苦的工作。去別人家打掃一次就知道。常聽說有些小孩對家裡請的幫傭說話語帶輕蔑，這是最差勁的家教。那些小孩看見父母是這種態度，才有樣學樣。如果看到自己的小孩這樣說話，應該引以為恥。

也有人會說，你現在別講得那麼天真，哪天家裡東西被偷了，看你怎麼辦。既然說出那種話，就不要讓外人進到家裡。如果真的發生那種事，只能反省自己看人的眼光。不過，我覺得這樣還是比冷眼輕視別人要好得多。即使有種種麻煩，也比那樣的人生好很多。

M教我做巴西菜，也教我照顧院中樹木的方法。如果只把她當作幫傭、「避免麻煩」地冷淡接觸，會錯過許多我不懂的事情。

我從過去的少數經驗知道，有事情就找專家解決。關係越親近的家人越容易耍賴，做出可怕的事情。任何世界的專業人士都擅長取得平衡。即使稍有失敗，也不會強辯歪理，立刻採取行動補救。有不愉快，面對面談開，立刻修復關係，是最好的方式。絕不壓抑累積情緒。這也是我學到的。

我想，經歷過某些有點麻煩的事情後，確實可以學到一些東西。人生不是可以捨棄之物。

不過，懶惰的我還是在作夢，希望有一天，那種只有家人獨處、房間也髒的懶散生活日子再來。

52

時代改變，自己做年菜的家庭也少了。

百貨公司裡堆著各家料亭和餐館的年菜目錄，因此，每年按照心情從中選擇、或向餐廳預約年菜的人增加了。

我對這種現象別無感嘆。因為我在意的是家庭的回憶。只要有什錦湯加上幾道手工菜，大家談談年菜的感想，那就夠了。

我的母親體弱，但責任感比別人強一倍，說她是拚了命在做年菜，也不為過。現在是姊姊負責年菜，她把各處買來的美味食物巧妙混合搭配。即使這樣，還是很累。可見以前的人真的很辛苦。

母親雖然身體不好，但不願爽快請別人「幫忙」。可是，身體越不好，脾氣越壞。因為身心皆無法開朗。孩子們因此怕她，不敢靠近，這又讓她心情更壞……，正因為如此，除夕對我來說，基本上是個可怕的日子。

因為我們是小孩，不敢跟母親說：「不需要準備甚麼年菜，寧可輕輕鬆鬆過年。」如果是現在，也可以買現成的，可惜當時沒有這些服務。

大概我怕被母親罵：「就算你那樣說，也不能那樣隨便！」母親大概也因為不方便開口，不敢說：「幫我一下。」小時候本該是最快樂的年夜飯，變得越來越沉重。溝通失敗造成嚴重後果的事情常有，可悲哪。直到今天，我還是這麼想。

以前的年菜佳餚，是家庭主婦的作品，也是招待拜年客人的精采場面。如今時代變了，只注意重點，其他部分大家輕鬆就好，在曾為家庭年夜飯氣氛痛苦的我看來，無法不覺得這是好事。

事實上，姊姊接手做年菜後，會用現成的坦都里烤雞和生火腿，非常隨興。用雞骨熬湯是姊姊的作法，味道雖然差一點，但是大家輕鬆愉快享用。這算反面教材嗎……？

不過，我還是感謝當年一邊生氣一邊做年菜的母親。

大家手都沒洗、偷抓浴室水泥地上那個大鍋裡的菜吃、害得豆腐都爛掉的事，現在想起來，變成大家相視而笑的回憶。母親也跟著我們一起笑。一切都隨著歲月消逝變成溫柔的回憶，時間真的是一帖良藥。

53

小不點還不願意乖乖坐在椅子上吃飯。很快就不耐煩，起身離開，狗就趁機吃掉他的東西。他回來一看，「飯呢？」大哭起來。狗一直等著小不點離座的機會，以聰明而言，狗略勝一籌。

去別人家時，我家孩子撿食掉在地上的食物，速度太快，惹人驚訝，我覺得很丟臉。那是我們家裡食物一掉到地上就被立刻狂奔而來的狗吃掉而讓他養成的習慣。

因此，小不點以為，食物掉到地上，只要立刻撿起來就能吃。說他強悍，或許是強悍，但說他可憐，也真有點可憐。

忙的時候，不知不覺就用不易摔破的粗糙盤子裝著只求快點降溫、切得亂七八糟、像是殘羹剩飯的飯菜給孩子吃，孩子心裡可能深受傷害吧。

當然，我不會強求一定要用精美的碗盤刀叉讓孩子好好吃飯，但還是需要一定程度的漂亮裝盤。小孩吃飯時能和大人一模一樣，他們似乎很得意。

昨天吃什錦湯餅，我把餅切成小塊，裝在小碗中，只加一點點湯，給小不點吃。他不時看著我那漂亮的湯碗裡面，問說：「是一樣的嗎？」

他好像有點介意餐具的不同。

以前，我應某項文學獎的邀請，下榻科莫湖畔、曾是貴族豪宅的 Villa D'Este 飯店。

早餐時，我見識到貴族的早餐。大概只有世代相傳的貴族才會在平常日子到那樣高級的飯店吃早餐。我想起每天在大倉飯店吃早餐的那個家族，感覺差可比擬。

祖父母、兒女和孫兒女的家族結構，大約七歲的孫子和五歲的孫女，穿得一身雪白，端正坐好，恬靜地邊聊邊吃。讓那種年齡的小孩穿著雪白衣服吃飯，很不簡單，讓他們學會餐桌禮儀和高級飯店的禁止事宜，非常困難。但是，他們做到了。說他們比我還懂，也不為過。

我想，那就是所謂的階級，同時，也想到他們今後不得不走上的人生。為了維持那個狀態，他們會有所得，也有所失。那是亞洲幾已消失的一種生活型式。

55

三幸因為腸的疾病，幾度生死徘徊，幾乎不能再吃固體的食物。

眾人在大快朵頤時，他只能喝一罐營養飲料，還要說謝謝招待。那是他的基本飲食。

另外，藥物的副作用偶爾也讓他陷入憂鬱狀態。

真的令人難過。他離開老家，獨自住在東京，一直在做快遞工作，積極活著自己的人生。也因為積壓了太多的勉強而生病。

離開故鄉的他，唯一的任性要求，就是「想吃撒上炒黃豆粉的餅」，過年來家裡時，帶著歉意請姊姊幫他做。

三幸重視女人姿色，至今沒有結婚。看著他品嚐黃豆粉餅的背影，我深刻想著，就不能湊合一下嗎？真的沒有人嗎？媒婆這個職業便是起源於此吧。

每個人的生命中，難過、悲傷和無奈總是重疊而來，別人也幫不上忙。頂多只能為他做黃豆粉餅罷了。不過，像黃豆粉餅這種東西，總是有勝於無，也未必不是照亮生命的小小光芒。

56

凡事都要仔細去做，成了最近的風潮。有人甚至認為不這樣不行。我很驚訝。在為最近年輕人的認真感動的同時，又有一點擔心。

打掃的時候用抹布和醋仔細擦拭。

淘米仔細，菠菜也細心洗掉泥土，小火熬煮。

從抹布到圍裙，都是自己動手做，非常細緻。

器具也依照材質清理，鍋子亮晶晶。

年輕人學到這個思想（這樣說無妨吧），是很不錯，但另一方面，我認為過於認真是一種時代病。

這種人在這個過於急躁的時代中看起來特別突出，自是當然，但每個人都這樣做，也太累了。傾注熱情在無形的事物上，確實能得到回饋。認為既然要做家事、那就快樂去做的主婦們，好玩想出來的種種事情巧思，都是精采的藝術，她們是打從心底愛做家事，已經形成了這種生活型態。

問題在於認為必須這樣做的認真年輕人，是不是太拚命了？

忙得暈頭轉向的人特地熬夜縫手工抹布，ＯＬ想珍惜少許的時間看書，卻又站在砂鍋前面等菜飯煮熟。

完全沒有「回到從前，對女性而言，只是像以前那樣不自由」的觀念。

如果那個時間有真心喜歡做的事情，最好去做。

有的人忙東忙西，家裡亂七八糟，沒在廚房做過一頓飯，那也是他的人生。

根據這個想法，家裡充滿自己喜歡的事物，非常非常重要。

我想，在經歷過種種情況以後，大家發現各自有不同生活型態的時代一定會來。和以前相比，光是可以自由選擇的時代，就是一件好事，有各式各樣生活型態的人，或許是世界大不相同的人彼此不做交流的細分化時代。想到這裡，我又察覺到許多事情。

例如，我很忙，有很多想做的事。

家中有很多動物，所以非常在意洗潔劑的毒性，這多半是為了動物，不是為了地球。

衣服交給洗衣機，不燙衣服。因為很忙。因為有想做的事情。因為很少機會穿必須燙得平整的衣服。真有需要時就拜託洗衣店處理。

一般的牙膏味道太濃，我去天然食品店買不會起泡的來用。那也多半是為了自己，無關甚麼大事。

煮飯用電鍋，只要水量適中，可以煮出香Q好吃的米飯。我也可利用煮飯的時間工作。

蔬菜是宅配送來，理由是一樣好吃和自己去買麻煩。

天氣很冷的時候我用熱水清洗蔬菜，以可憐或是生命的觀點來說，吃的人比較可憐吧，用熱水清洗蔬菜等於汆燙青菜，沒有太大的不同，可想而知做不出纖細的菜色。

所有的東西都放進微波爐加熱，也不會難吃。

配合生活型態，加以取捨選擇。

如果我是編輯、ＯＬ、家庭主婦或沒有小孩，上述的生活內容自然有所改變。

重要的是，那一切都不是以地球和環境為重，而是以自己為重。

沒有理由、沒有必要的努力是白做。

沒有理由、沒有必要的裝扮和清掃，也是白做。

例如，職業模特兒平常幾乎不化妝，也不打扮。雖然她們非常在乎美容和儀態。

畫上大濃妝、穿得花枝招展、招搖過市的，只是素人。

真正的廚師用任何超市買的材料都能做出美食佳餚，他們只看新鮮度。

真正的作家只要有一台電腦或筆紙，就能寫小說。

不是這樣嗎？

57

立原潮在惠比壽經營的餐廳「立原」歇業了，我偶爾還會乍然想起他們的泡菜、湯品和蒸魚的味道。

通常，好吃的東西組合在一起時，味道極易流於濃膩，但他真的是個美食家，在他手中，所有的組合是那麼絕妙。

用杏仁酒提香的紅豆圓仔湯味道悠然甦醒。

在我心中，那味道已無法抹去，大概我死了都無法。

經過已經不在的「立原」舊址前面，那個味道和香氣飄然閃過腦際。

心情於是變得很甜蜜。那是不同時候和不同的人頻繁光顧的店啊。真好吃。

那是還是小孩子的我太愛吃、努力跟著大人領略懷石真意的店家。

我如果聯絡立原先生，跑到他家請他做，確實可以重現那個滋味。

但依舊有所不同，因為，那是在餐廳裡連同時間、空間和自由一起品嚐的味道。

站在沒有立原餐廳的大樓入口，玩味過去的種種回憶。雖然落寞，但還是把他壯碩的背影和巧手纖細擺盤的姿態刻在心裡，默默感謝。

58

喜歡豆子和地瓜的兒子過生日，姊姊為他做了全豆大餐。

黃豆燉豬肉、蠶豆、地瓜派、紅豆飯。

兒子只挑豆子吃。地瓜派也吃個精光。

他雖然還不理解是有人特地為他做吃食，但是等他長大以後，一定會懷念這個味道。

就像姊姊還沒在家掌廚做美味的飯菜以前，我的靈魂食物，就是谷中銀座的小菜。

父親每天都去買。他代替體弱的母親煮飯，菜色就是奶油炒豬肉、烤竹筴魚、燙菠菜，還有買回來的小菜。冷掉的可樂餅、酥炸雞蛋肉餅、維也納香腸、馬鈴薯沙拉之類。

現在，我很認真做飯，但沒有父親那種油膩、和現在已經不存的谷中銀座小菜的老練感覺。只是因為以前太常吃，身體已牢牢記住，但沒有慾望。不過，偶爾還是會想回到那時候，大口咀嚼那些小店老闆夫妻每天現煮、並不特別好吃、現在肯定已經沒有的食物。

谷中銀座的黃昏燈火燦爛。茶店門前煮著茶水，魚舖的桶子裡泥鰍竄來竄去，青菜舖的蔬菜堆得老高，老闆大聲吆喝。所有食物都被照得透亮，看起來好像在拜拜。感覺也一起吃掉了那個光景氣勢。

59

附近有家超酷的店，叫「大麻堂」，老闆以麻枝耕一的名字寫了一本關於大麻的書。他漫步街頭的樣子就像流浪世界的旅人。

他經營的大麻餐廳「麻」，東西好吃又健康，感覺很好，帶小孩去也毫無問題，所以常去。所有的菜都有大麻種子，細細咀嚼後有堅果的味道。豆腐和青菜裡都放，使用大麻油，甚至有大麻可樂餅和大麻咖啡。

大口喝大麻啤酒（hemp beer），大口吃大麻料理，有種似曾相識的不可思議感覺……。大量食用大麻種子，也會有一點效果（假裝不懂）嗎？關於這點，不值一說。只知道特別能治便秘，不論情況多嚴重，都能立即見效。

我總是在想，雖說要好好攝取纖維質，但我攝取這麼多纖維質，真的不要緊嗎？如果每天不攝取這樣的量，就真的排泄不順嗎？

60

吃生蠔中毒，即使體驗過幾次，依舊不能免疫。

剛開始時，感覺體內有不同種的生物漸漸擴張勢力，占據我的身體，有點像流行感冒。之後，就單純是皰疹病毒活性化的時候。

通常，身體衰弱的時候，身體和精神會同步變得奇怪，但生蠔中毒時，先是身體無力，精神則在稍早前微妙地移到另一個世界。雖然不會留下後遺症，但那種茫然的超現實感有點可怕。

這次，是我們夫妻一起中毒。

記得吃完生蠔的那晚（只吃三個，很新鮮，還灑上橘子醋），我們踏著神宮的夜路回家。兩天後，兩人都陷入中毒狀態，身體很不舒服，持續一個星期左右，我連著幾天高燒，昏昏沉睡。

好不容易熬過生蠔震撼，坐車經過同一條路。

我：「那天，從這裡走回家時，生蠔已經在我們肚子裡了。」
夫：「在潛伏期中，感覺就像外星人的卵在我的肚子裡。」
我：「雖然如此，我們還能優閒散步回家，真幸運。如果是電影，那一幕就是導演、攝影師和觀眾都發覺了，只有主角本人沒察覺。」

我們像突破某種難關似的，嚴肅談論那事。

但往往就在經過那樣嚴重的體驗、自己也覺得已不要緊時，又不知不覺中了生蠔的毒。

過去最嚴重的一次，是在二月的巴黎一口氣吃下二十顆生蠔後襲擊而來的狀況。因為吃得太多而中毒的，只有我和另一個人，不知道究竟是量的問題？還是體質問題？

那時的生蠔當然新鮮，確認過好幾次，也下意識淋了很多檸檬汁。當天甚麼事都沒有，隔天也精神抖擻，只是頭腦有點模糊。

兩天後，興匆匆去朋友家吃晚飯，雖然美食當前，卻興奮不起來，覺得酒味有點不同。別的食物味道都對，就是酒味有點不對勁。我覺得有點奇怪，明明沒有睡意，人卻躺下來。雖然想要說話，嘴裡卻吐不出字來。

半夜開始嚴重嘔吐，整整躺了三天，因為沒吃東西，瘦了一點。

我認真在想，既然有那種體驗，就別再吃了吧……。

想到今後的人生是沒有生蠔的人生？不禁深深感慨。

無憂無慮吃生蠔的時代喲，再見了。

本書一開始寫到的「昆布屋之鹽」停產了。

因為太愛朋子真傳的炒飯，所以對我來說，是很大的打擊，不覺追問Kaldi的人。可是得不到答案，我從包裝盒上的廠商名稱透過查號台，打電話到生產的「東昆」公司，聽到答案，真是匪夷所思。

「因為師傅辭職，做不出同樣的味道。」

無言……。

師傅為甚麼沒留下配方呢？是發生糾紛後辭職？還是別家挖角？

在想來想去都沒意義的此刻，只能去找類似的鹽。

找了又找，結果找到「六助鹽」。

味道當然完全不同，但相當接近。嘗試各種鹽味的過程，也是搜尋、重現殘留舌上風味的路程。不是化學調味料，有一點辣、昆布的味道……。

那個過程，讓我莫名感到愉悅。搜尋此刻眼前所無的味道，好像在推理。

62

泰國籍的湯君和小維來教我們做泰式咖哩。我很興奮，心想這陣子將會勤跑新大久保採買各式各樣的香辛料，沒想到問過以後，他們竟然是用現成的泰式咖哩醬。感到有些失望，但只是一瞬間。

從他們那裡，我學到許多新事實。

或許是大家都已經知道的事，但我完全不知。

首先，把椰奶放入熱水中，不停攪拌煮到沸騰，熬出椰油，這很重要。椰油不是渣滓，不能撈掉。因為帶有鮮味。可是身為日本人的我，想撈掉椰奶不斷滲出的細密渣滓想到快要發瘋。

然後，像沖泡即溶咖啡一樣，放入咖哩醬，調整濃度。我無法相信這麼早就放咖哩醬。材料還沒放進去，就要先溶解咖哩塊？

接著，加入適量的蔬菜、大蒜、魚露等，最後才放生肉。

這也令我震撼。但這樣做，肉才柔軟好吃。

按照日本人的感覺，總是想先把肉炒一炒……。

他們說，泰國也有人會先炒一下肉，但這樣會變得太油膩。每天要吃的東西多半只用煮的。鄉下地方是用香辛料做咖哩，但都市區是直接用咖哩醬。

重要的是，絕對不把咖哩澆在白飯上。

知道這些我不懂的事情、不同於一般的事情，應該不錯吧？

這樣努力吸收他國的文化後，和一起學做菜的人圍著小桌大快朵頤。感覺好幸福。

63

那間日本茶喫茶的姊姊泡的茶，風味完全不同一般。

不是因為她擁有日本茶藝指導的資格，也不是茶具精美，更不是因為茶葉很好。

我以前在朋友家中，也有過這種體驗。

所有的使用說明書都寫道，用大火燃燒水壺並無意義，只是傷害水壺，有百害而無一利。可是在朋友家裡，瓦斯烈焰熊熊燃燒，直把鐵茶壺內的水滾滾煮沸。

房間裡利用學校舊地板鋪設的地板光亮耀眼，陽台吹進舒暢的春風。

「不急吧？有喝茶的時間嗎？」朋友問。

我點點頭，等著喝茶。她把茶葉放進烈焰燃燒沸騰的滾水中。茶的滋味和房間內井然有序的氣氛一起滲入體內。眼睛先說：「好喝！」

就是類似那個情況。

那位日本茶喫茶的姊姊泡的茶總是清甘不熱，醒目生津。

有一天，我帶小不點去那家店，坐著等茶。

小不點帶了一套有小砧板、小鳳梨和奇異果的家家酒遊戲，不停用那三公分左右的小刀切那些水果。

姊姊端茶過來時說：

「哇，這個能切嗎？讓我試試。」

然後，用她靈巧的手把兩公分的奇異果放在三公分的砧板上，用三公分的小刀喀擦切著。不知怎的，東西到了她的手上，突然揚起一股奇異果的香甜味道。

我想，這就是魔法之手吧。

64

母親對吃沒有興趣。

整體治療師野口先生說，身體衰弱的時候，不吃，正是身體所欲，是為了恢復健康的作用，如果不吃，就會激起渴望，產生要求，湧現求生的氣力。在那個時代能說出這番道理，真是了不起。

這個思想中，帶有一種放棄感，「如果這樣還不行，那就聽憑自然安排，死亡也是一種健康的意思。」那是還不會反駁他思想的人最多最大的爭論點。因為，當時是死亡還很貼近身邊的時代。

當時，大家都處於飢餓狀態，「能吃就是好事，只要有吃就沒問題」的想法是主流。

在某個意義下，母親是那種想法的犧牲者，她罹患肺結核，身體孱弱，所以要吃，家人不斷塞給她各種營養的食物，害她變得非常討厭吃。

前一陣子，母親住院兩個月，到了後來，第一次主動表現想吃的意願，

「我想吃在我眼前做的食物，隨便甚麼都好。」

我聽了好感動。

啊，她的氣力恢復了。

入院之初，她甚麼也不能吃，也沒有吃的心情，甚麼都不想吃。

姊姊勤快遞送美食到醫院，也有杯麵，最近醫院的飯菜都是加熱後才端來，不會冷冰冰的難吃。

聽到母親這樣說，我鬆了一口氣。

渴望有人在眼前做飯的風景，正是一直不想吃東西的母親身體裡面還在燃燒的生命促使她這樣說。

65

朋子一來我家，就下廚做飯。

朋子進廚房，總是讓我十分放心。雖然她也會像一般人那樣手忙腳亂、自言自語，但是能做出廚師級的飯菜，感覺好可愛。

她做了義大利麵。是鮪魚和番茄味道。沒有橄欖和續隨子，撒上黑胡椒，吃得津津有味。有點軟的麵條是日本人口味。家的味道。

啊，好想吃有人幫我做的普通飯菜啊！這樣想的家庭主婦滿滿皆是吧？

想起前男友時，總是浮現他做的味噌湯味道。

食物真是很厲害的東西，帶有某種決定性的力量。

男人雖然不說，但他們結婚後最震驚的是，每天吃的飯菜和媽媽的味道完全不同。離婚時最依戀不捨的，可能是乍然想起的家中飯菜味道，勝過那因為種種原因而離婚的前妻。

66

我在越南、日本還有自己家裡，吃過無數次越南河粉。雖然好吃，但總覺得欠缺決定性的美味，只是一種輕食。

朋友說夏威夷「Hale Vietnam」餐館的河粉非常好吃時，我心想：「會嗎？河粉會有甚麼差異？何況是在夏威夷。」於是，去夏威夷時，大夥兒特別去瞧瞧。在沒有特色的住宅區裡，那家餐館就像典型的美式餐廳。只是寬敞、冷淡，別無特點。我們千里迢迢而來，不無期待可能落空的氣氛。

不過，河粉上桌後，大家吃了一口，便都沉默下來。

「好吃，真的好吃！」「美味極了！」「湯頭真鮮！」「怎麼這麼好吃！」

吃完後，七嘴八舌發表感想。

兒子也拿著筷子，埋頭吃下兩碗。

是嗎？這才是河粉的真正味道，以前吃的只是仿造品。

好吃得讓我有這種感覺。

用雞骨熬出湯底，不添加化學調味料，只靠新鮮的薄荷、豆芽、辣椒和魚醬調味，產生微妙的味道變化。

我不知道他們何以能在夏威夷做出這樣完美的河粉湯？也不知道我何以能在這裡邂逅在越南許多餐館都吃不到的味道？餐館外面是夏威夷的朗朗晴空，陽光灑落地面，馬路乾爽。雖然一點也不像越南，但河粉就是好吃。因此，不是風土或氣氛的問題。人生真是不可思議。也包含這件事。

飯後在附近散步，看到一個奇怪的遺址。

是最早來到夏威夷的大溪地人燒菜做飯的廚房遺址。

我突然心有所悟。或許就是這個遺址的力量，讓他們能夠持續做出那樣好吃的河粉。

最近，常在小車站附近或巷弄裡發現別致的小酒館和義大利餐館。年輕人經營，手工感覺的裝潢，廚師都到海外正式進修過，不那麼貪功躁進（這是全體共通的現象，經營這種餐館的人似乎少有適合做生意的），因此找不到雄厚的資金後盾，不能在青山、代官山、六本木一帶開店。

即使如此，還是能做出相當不錯的味道，毫無土裡土氣的感覺。也好好研究過酒類，不會讓客人喝到不對味的酒。

不抱著特別期待、只想吃幾樣可口小菜、喝點小酒聊聊天時，這種地方可貴如居酒屋。

因為培育出來這樣的文化，讓我深深覺得東京也漸漸昇華了。最重要的是，狼吞虎嚥亂吃的時代漸漸結束了。羅馬和巴黎沒有超級大胖子（即使有，也不像美國那麼多），是因為擁有這種吃少許精緻美食就感到滿足的文化。

我隱隱在想，今後的日本，會成為世界各地人們享受美食的親切、便宜又健康的地球餐廳嗎？

68

幫傭M為我做美乃滋。

蛋黃放進碟子，加一點點醋，用叉子攪拌同時一點一點加入油。M的母親是以前所謂的時髦人，都是在家自製美乃滋。

「必須向同一方向攪拌，否則會失敗。所以左撇子不能在攪拌途中請人代勞。」M說。

她也不知道理由，只是以前就聽人家這麼說。

當美乃滋油水分離時，可以在碗中加入一小匙水，再把分離的美乃滋一點一點放入水中攪勻即可。這時也絕對不能顛倒順序，把水加入美乃滋裡面。

以前都用攪拌器做美乃滋而失敗的我，莫名感到興奮，好想抱著臂力強大、使勁攪拌美乃滋的M叫：「媽媽！」

我母親身體病弱，幾乎不做飯，所以我沒有這種印象。雖然這樣，但世人在這種時候，大概都會想到媽媽吧。

69

久住海外的U做起菜來，總是讓我無限感動，她的香辛料使用方式和想法，已經完全不同於日本人。

白肉魚撒上續隨子和蒔蘿，用奶油和橄欖油煎熟。

披薩餅皮上放大蒜、茄子和魚子醬，用烤箱烤六分半鐘。

黃薑湯裡放香菇和少許培根、奶油和大量酥脆的黃薑。

磨菇加蒜泥、胡椒鹽和檸檬汁調味。優格、小黃瓜、馬芹和大蒜拌勻，夾在麵包裡吃。絲毫沒有日本口味。真是厲害。

她用電鍋煮庫斯庫斯（couscous），不用菜刀，全部用小刀削。她家沒有醬油。

她在我家做菜時，廚房裡飄飄升起一股不去外國就感覺不到的氛圍。

春田總是說好想吃肉。好吧！我索性買了一公斤的肉。

上次她也說：「一定要吃肉！」我炒了四百公克的牛肉，還加上一個舞泉的豬排三明治，她卻一副哀怨的表情說：「豬排三明治在家也可以吃，但炒牛肉只有在這裡吃得到。」所以，這次增加炒肉的分量。

春田幾乎從不做飯。

她是那種前男友叫她做飯、便哭著說「為甚麼我必須做飯？」的難搞人物。

她從小愛吃肉，還說：「想吃生肉……。」

她的體質肯定和肉類最合得來。

因此，我在PEACOCK超市買了一公斤最好的、少筋的、很有嚼勁的肉。拿在手上時確實感到一公斤的沉實重量。

一半炒醬油大蒜，另一半煮壽喜燒。

春田吃不完，打包回去，半夜時發電郵過來：「剛剛把肉全部吃光了。」連我也有莫名其妙的成就感。

兒子食量還小，讓我做菜沒有成就感。但他以後的食肉量恐怕也很驚人吧，到時，我還會有這樣的成就感嗎？不禁擔心起來。

71

公公提著沉重的籃子走到悶熱的牧場中央。

裡面裝著甜瓜和桃子。

外子像小孩似的生氣說：「怎麼拿這種東西來？」

我太清楚了，孩子們對父母親做的蠢事都忍不住這樣說。

我們錯過新鮮現摘現吃的機會，公公說：「拿去在新幹線上吃吧。」外子嫌重，說：「不要。」我說：「這麼重，爸還特地送過來，拿著吧。」這種時候，能扮演協調角色的也只有外人。

籃子放在新幹線的行李架上。從下面往上看，桃子已經腐爛。下半部已經變黑，只有上半部完好。公公急忙從冰箱拿出來，一定沒發現。這也傳達出公公那鰥夫生活的深沉陰暗。

不過，那是公公自己的生活，誰也不能強行改變。他並不想搬來東京，租間公寓，住在兒子附近。他已不想再做甚麼。我們也甚麼都不能做。大家都不幸福，也不是不幸福。只是有很多愛。桃子雖然已不能吃，但我們得到了桃子形狀的幸福。

把桃子扔進東京車站的垃圾箱時，也糊裡糊塗把水果刀一起丟了。

今後若想起東京車站垃圾箱裡腐爛的桃子和旁邊的水果刀，一定會難過吧。

人生如果都是美麗的，該有多好。

大家都改善不好之處、彼此掩護、守候、笑臉相對，一輩子不感到孤獨，該有多好。這樣想的人大概都投入宗教了。

不過，等我老了以後，一定會想，人類不是這樣的，人類創造美麗事物的能量不可小覷，所以，很多事情怎樣都好，靜靜地別去管它，讓它保持原樣下去，即使難過或是錯過了，一樣感受得到愛。

我已寫過好幾次，餐廳的平衡就是一切。

舉個最容易明白的例子，和好友在ＫＴＶ裡面同樂，能唱喜歡的歌，不必聽陌生人的歌，但只能使用好像沒洗乾淨的杯子喝啤酒，搭配打工大學生微波爐加熱的小菜，有些美中不足。

若是在卡拉ＯＫ酒廊，得聽陌生人不知所云的歌聲，跟著鼓掌起鬨，但多半時候，媽媽桑會熱情招待，為你鼓掌，也有美味的食物。

要選擇哪一個，全看客人的需求。

攤車小吃，端出的食物不是熱騰騰，會讓人生氣，如果還花時間等候，更讓人發飆。

在法國餐廳，服務生迷糊發呆，上菜慢吞吞，客人的酒杯空了也沒發現，那麼，再美味的食物也毀了。

歐吉桑獨自掌廚的小店，上門時就有要等很久的心理準備，反而可以悠哉以待。如果是夫妻經營的小館，廁所裡有奇怪的東西，不會令人介意。但是消費高檔、超過一萬日圓的義大利餐廳，廁所裡放著夾娃娃機夾來的小東西，就讓人掃興。

那些個不平衡的地方，修正起來需要智慧。

因為具有「去欣賞」的要素，在某一意義上，餐廳像是店主布置的舞台。有時候，明星廚師的餐廳也讓人不舒服。廚師每次走出廚房時，大家似乎都不能不仰望他，讓人緊張不安，無法平靜。

有的餐廳廚師雖然冷淡，但到處擺著老闆娘做的漂亮手工小玩意，東西又好吃，也能保持整體的平衡，生意跟著興隆。

或者，只要餐廳乾淨，即使感覺很奇怪，也不會令人介意。

即使裝潢具有完美的都會感覺，但員工懶洋洋，窗角和冷氣機堆積灰塵，客人心情也會低落。

只要有一個地方做得好，其他地方也跟著好的情況很多。如果只有一個地方惹人注意而奇怪，也可以用其他部分來彌補。

也因此，我們不會停止繼續推開深邃而有趣的新餐廳之門。

73

M把不知名的粉忘在我家。

不是古柯鹼也不是海洛因，總之是白色的粉末。

下次來的時候問她，她說：「想做起司麵包球（pão de queijo）。」

「容易嗎？」

「很簡單。」

當場教我做法。

磨碎乳酪，和雞蛋混合，將油和水煮沸，加入樹薯粉和鹽，全部揉成一團，再分成小坨，放入烤箱。

鬆軟而有彈性的起司麵包球完成。

剛出爐時非常好吃，但是隔天就變硬。

「那是當場不停做給孩子吃的東西。」M說。

我腦中浮現M在巴西悶熱的午後、不停做這個東西給五個還小的孩子吃的情景，胸口一緊。那些孩子如今都已自力更生，M也獨自過活。她雖然可以投靠他們一起快樂生活，但他們都已不是小孩子了。

我和M一起揉著麵包球的同時，也感到時間之流突然反轉，看到小不點的未來。

常去的伊豆「清乃」餐廳，一點也不豪華。沒有高級的日本酒，烤雞的皮也不特別香脆。

可是，那是一個非常幸福的居酒屋。

那裡的炒麵並不用上好的五花肉，麵條也不是特製的，醬料肯定是粉末醬料。但，不知為甚麼，我每天晚上都想吃。

去了好幾年後，漸漸明白老闆的味道了。他做的菜有點酸，不是很好的下飯菜，不是很好吃，也不會太高級，但是每天都吃也無妨。那是日本的味道。家常菜的味道。

那是我們成長的昭和時期的家常菜味道。很重要啊。

這種菜最吃不膩，它的「有所不足」正是我每天要去吃的祕密。這是連美食雜誌都沒有說出的真相。

75

村上龍上電視，在名廚面前做菜。

他把培根切成塊狀時，形容如「腳趾頭般大小」。講得起勁時，忘記把培根翻面，旁邊的廚師朋友若無其事地幫他翻過來。

果然是作家啊。

不過，他還是把塊狀培根的四面都煎成焦黃，然後放進咖哩。啊，這點也確實很像龍桑啊。

於是，芒果培根咖哩完成了。但我心裡想，如果要搭配芒果，我肯定用雞肉或豬肉來做。我很想告訴他，培根會完全掩蓋芒果的味道，讓芒果變得沒有意義。不過，我還是越來越喜歡那樣的龍桑。

76

我不善於招待朋友來家裡吃飯。

直到現在，也還不是那麼得心應手。

不過，最近有幾個算不上請客、只是一起吃飯的朋友，都是談得來的人。

其中之一的春田，很喜歡吃肉，但是滴酒不沾。所以這次以肉為主角，做了很多山本麗子食譜中最有名的照燒豬肉。

還有炸羊肉。

超市買的罐頭沙丁魚，澆上橄欖油、醬油和檸檬汁。還有瓶裝的大蒜橄欖，放在羊肉旁邊。然後，將新鮮的昆布拌麻油和醬油。番茄撒上油、乳酪和鹽，一起端上桌。

準備了這些，應該吃得很飽，感覺很豐盛。我想，這樣就可以了。其實，不去學做菜也沒關係，只要食材新鮮美味就好。現在這個時代，任何稀奇古怪的外國食材在超市裡都有得買。

或許，在這樣幸福的時代，不請人來家裡吃飯，是有點浪費。

77

在夏威夷吃鬆餅，分量多到溢出盤子一截。三、四片厚厚的，裡面放了很多杏仁果醬。

心想，吃下這種東西，就會變成那種體型呀。每天看到太多高大肥胖的人，越發覺得鏡中的自己纖瘦（雖然是錯覺）。美國胖子的手腳都很細，肚子卻像水桶。

我討厭那種感覺，於是又去有美味河粉的「Hale Vietnam」吃越南菜。亞洲食物的分量之少，讓我感到幸福。

小鍋子裡煮著像是泰式酸辣湯（Tom Yam Kung）的超級美味鮮湯，放入肉片、蝦子，春捲皮迅速燙一下，把湯裡的料放在上面，加上大量蔬菜捲起來沾著醬料吃。這樣自然吃下很多蔬菜。啊，真好吃。

香菜、薄荷刺激了單調的味道，引起吃飽的感覺。

這也是我覺得理想的地方。

亞洲的美是如此成就的，我們也屬於這一種，因此，我總是小心翼翼，不重蹈夏威夷人飲食生活失敗的覆轍。

到青森享用了剛捕撈的鮮魚和剛摘下的蘋果。

我說來自東京，店裡的人和老顧客就不停拿東西請我們吃。好吃得讓我感嘆，他們就是知道這些祕藏的美味，所以才能忍受忙碌、辛苦及一切都不如東京方便的生活。新鮮的食物充滿水分，細胞鮮活，紋理細膩。

店裡的人和老顧客同聲說，這個蘋果明天就不行了，兩個小時後就沒有這麼好吃了。

拿出祕密美食的時候，青森的歐吉桑和歐巴桑表情明亮動人，非常真誠，感覺好好。

79

我的血糖升高，經常要測量血糖值。父親有嚴重的糖尿病，我和姊姊無疑遺傳到他的體質。

那天，全家人一起量血糖。

我是九十，安全。姊姊一百，有點高。父親竟有二百五十。

姊：「唉呀，不愧是爸爸。」

我：「總是比我們高，孩子果然無法超越父母。」

父：「哈哈哈。」

不以這樣樂觀的心境來面對，無法對抗生活習慣病。

80

有首流行的廣告歌曲：「火腿香腸真好吃，好想吃火腿香腸。」兒子聽了說：「我要吃火腿香腸。」於是給他吃生火腿和煮香腸。他說：「我不要吃肉，要吃火腿香腸。」我跟他解釋：「這是火腿，這是香腸，這個和這個就是火腿香腸。」但他無法釋懷。

他心裡的火腿香腸是怎樣好吃的食物呢？我想起來就緊張。一定是很大、粉紅色、而且很甜的東西吧。

81

去朋友在江東區開的精品餐廳，店裡用的是她製作的餐具，感覺和在自家餐桌一樣。因為我們家大量使用她做的杯碗碟匙。

上桌的菜都是她親手料理，非常好吃。

章魚飯、綠苦瓜堡、大豆沙拉，分量毫不吝嗇，希望吃的人能夠健康、歡喜享受美味。萵苣放了一大堆，綠苦瓜切得很厚。

我們平常看慣乾巴巴的萵苣和想節省成本而減少分量的食物，看到這樣不計成本而做的美味食物，感覺做的人在像是天國的地方有大筆存款。

我們包場吃晚飯，結帳時她說：「差不多三千日圓就行。」差不多？大家笑說怎麼可能，都感到有點幸福。因為她的存在方式，讓人感到溫暖。

哪一天她有困難時，大家都會各出一點幫忙她吧。

那是天國的存款。

比現金純粹多了。

過去食量不大的小不點，現在快四歲了，漸漸變得很能吃。

一個人可以吃掉三人份的煎餃。

在餐廳裡狠狠吃完餃子後，又擅自點菜：「對不起，請再來一份煎餃。」然後從口袋拿出壓歲錢，「用這個付帳。」爸爸媽媽笑著說：「不必那麼大人啦。」

陪著他一直吃餃子，感覺我們家的主食就是餃子，不管內容怎麼改變，是煮、是蒸還是油煎，餃子就是餃子。大人已經有點膩了。

難道沒有別的口味嗎？我翻閱中國菜食譜，發現每個家庭是以完全不同的食譜包餃子。心裡也想試試，但看到分量，竟然寫著兩公斤、四百五十個。

啊，他們是這樣吃的啊。被打敗了。

我第一次切身感到西安平常人家的生活。

我們一家三口，光是五百公克的麵粉就吃得很飽。我想，中國人的水餃感覺肯定和我們完全不同。那是大家渾身沾著麵粉、一邊包一邊吃的食物。是很家常的食物。

就像是日本人遠足時吃的飯糰。

我漸漸形成這種印象，因為看到了那個分量。

83

泰國朋友久居日本，要告別大家返國時，聚餐很多，有點發胖。下巴和小腹柔軟蓬鬆，膚色暗沉，姿勢也有點駝背，看起來像日本的歐吉桑。唉呀呀！在我的感嘆聲中，他回去泰國。幾個月後再來日本玩時，又整個瘦下來。

人變瘦了，皮膚顯得緊繃而有彈性，小腹平坦，一副行動敏捷的姿勢。

「你瘦了很多。」

「因為在泰國吃很多蔬菜。」

是嗎？每天只吃米飯導致身材變樣、行動不便的不健康體型，就是日本現在的一般飲食生活嗎？讓人有點掃興。

我真的有點嚮往只要幾個月就能恢復健康的泰國飲食生活。

84

中野有家出名的蒙古烤肉店。

店面破破爛爛，樓梯都因為沾了羊脂而滑溜溜的。

那是盡情大吃炭火燒肉的店。

雖然很早以前就開店了，但我這二十年間總共只和不同的人去過五次。真的沒有任何特殊之處，就是蒙古烤肉，肉質確實不錯，但不是特別高級。

那天碰巧到中野辦事，結束時已八點左右。「去那家店吧！」於是一家三口和朋友走向那裡。

老闆夫妻一如往常，不特別討好客人，環境也不乾淨，都沒整理。但不知為什麼，感覺東西越來越好吃。肉、醬汁、豆芽和綠苦瓜等，都好吃得不得了。

雖然是偶然才來，但覺得好吃，總有原因。

是美味的底蘊顯現了嗎？還是我和店家的歷史記憶在味道之上重疊？

雖然不知道，但這肯定是人生很重要的祕密之一。

85

我完全無意每天幫孩子做便當。

本來不打算送孩子上幼稚園，小學也都有營養午餐，所以，我已有輕鬆度日的心理準備。可是，兒子突然決定要讀小學也要帶便當的私立幼稚園。當他說要去讀時，我實在不能說：「我不想做便當，所以不能去。」

於是，不得已開始做便當，隨便捏一個飯糰，包上海苔，加上炒青菜和肉，完成外觀醜陋的便當，但非常輕鬆。不知是因為量少？還是做得隨便？三十秒搞定。

我母親是非常嚴肅的完美主義者，我記得她每天幫我們做的漂亮便當，好像要拍照似的。直到現在我都忘不了，她把便當盒內隔成十字形，分別放進綠色豌豆、可以看見雞肉飯的漂亮蛋包飯、保鮮膜包住的各色三明治等。

母親做便當時非常投入，認真得可怕。跟她說話，好像惹她生氣似的，滿臉不高興。那時也不像現在有這樣多方便的器具區隔飯菜，她要剪下硬紙板，包上鋁箔紙，還要測量長度，非常耗神。

同學都很羨慕我，便當也確實很好吃，但我童稚的心也想說：「媽，隨便做做就好了。」父母太用心時，孩子也覺得累。

不過，有母親幫我做便當，還是幸運。

姊姊讀高中時，是母親病痛纏身、父親接手做便當的時期。父親獨創的便當在另一番意義上，贏得同學的好評。

不是「打開便當盒蓋，滿滿的甜豌豆，下面沒有米飯，」就是「炸春捲和可樂餅，沒有青菜。」有時「打開包袱巾，一個杯麵滾出來，」有時甚至「三分之二是草莓，三分之一是白飯，沒有菜。」

有一次和姊姊去尼泊爾，機上餐是「可樂餅、炸春捲和煎餃的組合」，看到瞬間，我們面面相覷，同時說：「好像爸做的便當。」

那些都是讓人懷念的回憶。沒有親自處於那個立場，絕對無法知道，父母撫養孩子要用掉多少時間和精神。想到那麼不適合撫養小孩的父母努力撫養我和姊姊的路程，就覺得不能不好好珍愛被那樣守護長大的自己。

看到田口蘭迪的部落格，寫了一些蝦夷人朋友來家裡小住時太過自由隨便、讓人很傷腦筋的「現代性自我」瓦解的內容。

我了解！太了解了！

我現在住在世田谷，但以前住在感情熱絡的舊市區。

舊市區人（或許也是鄉下人？）的家，桌上總是擺著盤子，裝滿煎餅或餅乾，都是超市賣的廉價品，絕非高級的和菓子或西點，招待來串門子的鄰居喝茶聊天，再做家事，輕鬆愉快結束一天。

幾乎沒有和自家人相處時間的我，總想著不管怎樣、只要安靜就好。因為母親也這樣希望，我們於是搬家，日子是變得安靜一些。

雖然這是我所希望的日子，但又感到有點寂寞。不知為什麼，竟然有點懷念那種打開窗戶就能和隔壁人家聊天、順手收下別人家曬乾的衣物疊好送還、沒有茶點時擅自打開人家冰箱等事情都很平常的可怕日子。

雖然不能拿鄉下人和蝦夷人做比較，但可以想像生活習慣完全不同的人住進家裡時的情況。作家的生活再豪放，但基本上是個凡事觀察入微的神經質人物，所以會看到很多很多難以接受的事情。光是想像就會害怕。

與人為善，交遊頻繁，生活的靜寂就會減少。但是，過度處在靜寂中，精神又失去平衡。做現代人很難，真的很難！

以前，附近有幾個整天在家優閒度日的單身歐巴桑，鄰居出門買東西時，會請她們幫忙照顧一下孩子或是看家。

謝禮就是那些具有不讓這些歐巴桑長坐不走的防波堤功能的茶水點心。彼此之間已有默契，不至於到請吃飯的地步，喝杯茶，吃些點心，就差不多該打道回府了。

她們志願做各種事情，和社會及地方的居民保持良好關係，可以適度化解她們的孤獨。對鄰居而言，她們不是麻煩，她們生病住院時，大家也會募款幫助。

那種默契在孤獨歐巴桑的尊嚴和各個家庭的隱私間，維持絕妙的均衡。

蘭迪感到傷腦筋的是，蝦夷人把他們那沒有默契的開放社會整個帶進她家、帶進現代的地域社會。我想，如果蘭迪到蝦夷人的村莊住上幾個禮拜，也會產生融入那種生活的智慧。

我們看似過著各自獨立的生活，其實默默受到社會氛圍的束縛。

超市裡大量販賣的平價糖果點心，以前是給小孩子吃的東西。後來變成一直放在桌上，讓人隨手拿來吃的東西。

當然，現在也還是這樣吧。

只是，因為種類增加太多，購買的人太少，那些糖果點心都像在訴說：「好寂寞啊」，「都沒拿我當人與人之間的聯繫呢！」

大概在我心中，那些糖果點心一直跟它們是熱鬧世界聊天附屬品的輝煌時代相連吧。

87

開始幫孩子做便當後，就很在意怎麼做便當，看過好幾本書。

除了把便當當作藝術發揮的特殊人物外，一直沒看到是以自己想吃為出發點而寫的參考書。正想著可以自己設計嗎……的時候，遇到（小林）健太郎的書。

我對健太郎和他母親勝代女士都不熟悉，只覺得健太郎是「做男人風味飯菜的人」。他做的便當，很像我母親做的特大便當。

我是那個帶著鋁製飯盒裝飯、巨大保鮮盒裝肉、另一個裝蔬菜水果的三層便當上學大快朵頤出名的高中女生。「吉本的特大便當」很有名，甚至有人來參觀我的吃相。雖然這並不值得驕傲。

我帶著懷念、幸福的心情翻著書頁，看到健太郎寫說：「我想寫一本不是擺滿彩色叉子串起的可愛食物、或是萵苣多到蓋不住蓋子的便當之書。」讓我一吐胸中塊壘。

那個色彩並不絢麗，但樸實無華、絕對好吃的便當世界裡，洋溢著他對食物和母親的滿滿感情。

現在保溫便當和保冷便當盒雖然發達，但保冷便當容易過冷，保溫便當容易把保鮮盒的味道轉移到飯上，變成自動加熱便當那種不舒服的感覺（米飯有點收縮）和味道。結果，我回歸基本，做好後要放入冰箱急速冷卻的食物，改放在常溫下幾個小時，在冷涼的狀態下食用，最美味可口。

便當有便當的優點，屬於此類的菜色，每天吃也不會膩，不需要太多變化。

我漸漸習慣做便當了，雖然是只有日式煎蛋、飯糰和水果的普通便當，但比早期做的便當得意而好看，或許要感謝健太郎在背後的支撐。

88

千穗住在夏威夷島，我去夏威夷取材時，她帶我去各式各樣的餐廳。雖然夏威夷有許多昂貴也還好吃的餐廳，但她帶我去的地方都是便宜美味、每天都能去吃的地方。

味道當然超棒，都是新鮮現做的食物，沒有假貨，是洋溢生活味道的新鮮食物。這些雖然重要，但到後來，已經不只是味道好而已，她還會在夏威夷的清亮陽光中，一邊大口咀嚼夾著香茅豆腐和椒麻雞的越南三明治，一邊說：「每天外帶這個到港邊吃！」也會拿著蓬鬆酥軟的甜甜圈，小步奔跑過來，「剛炸好的，快吃！快！快！」還有，拉著我到五顏六色的冰淇淋前，「是這家老闆早上壓碎水果、打入牛奶細心做的哦！」她的笑容一直留在我心裡。

我想，就是那種想介紹給別人、想讓喜歡的人吃到美味東西，以及想要分享的心情，撐起了這個世界的美食。

89

有個非常有名的部落格：「阿嬤為阿公張羅的餐桌」。

我在雜誌上看見，一眼就迷上他們的飯菜。那是我最懷念的飯菜類型。當然，我是在幾乎由父親包辦、但三分之一是母親做的西式料理感覺中長大，很少吃到這類飯菜。但是這種帶有懷舊風的飯菜，散發出我小時候所憧憬的七十年代餐飲風味。那是日本可以買到各式各樣的香辛料，雜誌上也開始刊登使用那些香料烹調和風料理的時候。

我沉迷在那樣的風潮裡，當別人問我：「最喜歡甚麼東西」時，都想回答：「最喜歡那種懷念的西式料理」。

不過，我並沒有非常想吃的心情。是因為太知道那個味道。只是像看書一樣，看著他們的生活風景。

每天想吃美味的食物，不那麼花工夫地持續去做，並且不吝免費公開身體力行後產生的無數食譜。我想，這對夫妻渾然天成的安定感，是因為有這些美味料理的支撐吧。

90

這世上我最喜歡的炒麵，是根津「花乃家」老奶奶那放了許多味之素的蛋肉炒麵。

到了他兒子那代，味道有些微的變化，但我還是每天吃。也忘不了他們家的凶悍女兒尚美（後來再見面，變得成熟溫柔了）欺負我時，老奶奶趕緊做好炒麵，「來，兩個人重新和好，一起吃吧。」

其次喜歡的，是土肥「清乃」餐館的炒麵。雖然沒有甚麼特別，但風味絕妙，每天吃也不膩，我在土肥的時候，每天不吃晚飯，等到半夜才去吃炒麵。我家人和每年來土肥的許多朋友，都打從心底愛那家店。

當清乃的老闆娘打電話來說「要歇業」時，我們都一陣愕然。因為我們以那炒麵為中心的休閒時間太多。當然，炒麵的味道也很重要，但老闆夫妻招呼我們的溫暖心意，也摻入那個味道裡。

那年夏天，我們垂頭喪氣地光顧別的居酒屋。要離開土肥的前夕，清乃老闆娘捧著一大盤炒麵送來。沒有約定，也無期待，就這麼突然送來。我們吃著炒麵，懷念得差點哭出來，即使看到老闆娘的笑容，還是想哭。

這是我們過去十年間、每個夏天在那家餐館消磨十天所培養出來的感情。是任何東西都難以取代的味覺經驗。

老闆娘要回去時，不能走動的父親幾乎是爬到走廊向她鞠躬，「謝謝你的招待。」

母親也蹣跚走下樓梯，目送她離去。

我很高興有那樣的父母。有絕不輕視居酒屋老闆娘、又最喜歡炒麵的父母，真的很好。不論他們有甚麼問題，我也不願和別人交換。

91

兒子喜好的味道漸漸改變，餃子熱結束後，現在迷上番茄湯。

番茄湯的做法雖然簡單，但勉強要說，不是熟番茄不行，這點比較麻煩。番茄還青綠的時候，他即使催促：「不是有番茄嗎？做吧！」我也會說：「還是綠的，不行。」

把熟番茄剁碎，加入很多大蒜一起燉煮，放點粗鹽，再撒些在「昆布屋之鹽」之後如彗星般出現的「六助鹽」調味，最後放入羅勒即可。

他很不愛吃便當裡的青菜，我問他就讀的寬大幼稚園，「我想讓他攝取蔬菜，帶湯去可以嗎？」園方回答說當然可以，因此，他每天都帶番茄湯、味噌湯或奶油蔬菜濃湯去。

雖然每天要做一道湯品，但做便當變得非常輕鬆。

最近，我覺得可能和番茄湯很搭，將薄片小黃瓜抓過鹽、夾在吐司裡做成英國式三明治給他帶去，但他留下小黃瓜不吃。「怎麼只留下小黃瓜？你不是很喜歡小黃瓜嗎？」他沒好氣地回答：「不好吃。」的確，他不喜歡軟掉的小黃瓜。

我又想，這和番茄湯是同樣味道，隔天的便當就做了番茄醬拌小魚麵疙瘩，搭配番茄湯，反應似乎不錯。小孩子如果喜歡某個口味，重複給他吃多次也沒關係，那正是小孩子飲食的特徵。

92

淺草有家出名的「睦美」什錦釜飯。

第一次去那裡，已是二十多年前，受到強烈的震撼，什錦釜飯是這麼好吃！不是我熟知的醬油炊熟方式，而是只用高湯和配料蒸熟的什錦釜飯。那家店開在幾乎沒有其他餐館的住宅區裡，有鄉下小館的風情，二樓是像外送便當店那樣寬敞的和室，那種感覺至今幾乎不變。

隔了許久再去光顧，只有工作人員換成外國人，其他一無改變。員工很認真，輕鬆體貼地避免制式服務，讓自在行動的老顧客信賴、感覺不好也不壞的淡淡待客方式也沒變。

彷彿時間倒流般一陣恍惚。

多年前，我在附近的商店打工，下班後和男友碰面，到那裡吃飯。也好幾次和一起打工的朋友會合，享受淺草的夜。

沒有改變，沒有特別採納新事物也可以安然存在。我離開淺草的這二十年，他們依舊每天淡淡地煮著什錦釜飯。那種毅力實在難以企及，不但我不能及，就是泡沫經濟、股票和新貴富豪們也不能及。

93

今天的晚飯亂七八糟，一定是我的腦袋也亂七八糟。

因為有酪梨，想做酪梨沙拉醬，把酪梨都壓碎後，發現沒有莎莎醬，只好用橄欖油浸的番茄，放入香菜、洋蔥、大蒜、鹽，擠幾滴檸檬汁，拚命攪拌，盛在買來的墨西哥塔可餅（Tacos）上，當作前菜。

主菜是富麗華的煎餃。又大又圓像個麵包，沾上黑醋，沒有比這個和酪梨沙拉醬更不搭的東西了。

碳水化合物的部分……是特賣時買的緣側壽司。昆布包比目魚肉的下面，是淡淡鹹味的紫蘇飯。雖然好吃得想哭，但這也和酪梨沙拉醬及煎餃不搭！

還有，我做的土佐醋拌四季豆、芹菜雞肉湯也亂七八糟。至少，我想結合最後兩道菜的企圖有失敗而終的感覺。

就像去居酒屋後的餐後感覺，胃一直訝異：「怎麼回事？」

雖然吃過飯、卻好像甚麼也沒吃的奇怪感覺。
唉，有這樣的日子，也還好吧。

94

大家一起做飯，真是快樂。

我們在夏威夷住的地方，是千穗男友家的房子。寬敞的廚房裡，有鍋子、調味料和大冰箱，也有很多她男朋友燒製的精美碗盤。

五個女生，每人每天貢獻一道菜。

在每天某個地方必有農夫市集的夏威夷島，必定買得到新鮮的蔬菜。許多像魚那樣活蹦亂跳、新鮮採摘的蔬菜。再到市場買一大塊剛做好的香草山羊乳酪，搭配麵包，一邊喝啤酒，一邊七嘴八舌輪流進廚房。

麵疙瘩、沙拉、炒木耳、烤白菜、炒麵、芋泥、酪梨沙拉醬，廚房每端出一道菜，大夥兒便歡聲雷動，異口同聲好吃、好吃。千穗的男友在外面的烤肉角落專心烤肉和蝦子。

做飯最樂的就是當天買、當天吃。如果沒有想要的食材，當場大膽變更菜單，換成現有的最好吃食物。

雖然好吃、味道濃郁、也方便，但裝箱送來的蔬菜，終究不是自己當天挑選的新鮮蔬菜，和去市場買耕種者親自販賣的蔬菜有一點點不同。無法感受買菜的喜悅，亦即，體認打獵的歡愉。

我們每天同桌吃著無憂無慮、充滿分享幸福心情的飯菜。

在客廳暖爐前看到大家在廚房做菜的可愛背影，如同夏威夷島的美麗風景，留下光彩動人的回憶。

95

伊是名島的小旅館早餐是自助式。

並排的大型方盤中，一個是高麗菜為主的沙拉，另一個是豬肉，然後是烤鮭魚，還有一個是青醬義大利細麵。

米飯的旁邊，有一小碗紅色的東西，我以為是油味噌（在沖繩地方常和米飯一起食用的豬肉味噌），舀一點在米飯上，原來是肉醬。

「其實，我小時候常常這樣吃。」我說。

旁邊的小伊笑著說：

「我也是，肉醬拌飯最香了。」

「我常把乳酪搭著這個一起吃。」

「我也是！」

旅館的人建議我們：「青醬麵加一點肉醬，意想不到的好吃！」但我們只肯用來拌飯。

雖然堅持己意，但還是有與人分享的共通喜悅。

章魚飯等東西一定就是這種偏門想法產生出來的。

96

下榻夏威夷希羅市附帶早餐的旅館時，早餐非常精采，直到現在還偶爾想起。擺著貝殼餐巾環的漂亮夏威夷花色桌巾上，是剛做好的思慕昔。剛採摘的百香果和木瓜，還有放了很多香蕉的鬆餅。洋槐木托盤上是椰子糖漿，一大杯咖啡。

美得讓我懷疑這是雜誌以夏威夷為主題的攝影道具嗎？

退休後管理此處的美國夫妻，來到夏威夷後才知道呼拉舞，每天早上做飯，在院子裡種百香果和木瓜。

充滿清晨陽光的客廳裡，已經步入老年的太太跳著一年前開始學的呼拉舞。

她微笑說，沒想到這個年紀還學跳舞，沒想到打開嶄新的一扇門，竟是這樣美好的事。

她結過三次婚。有太多的故事。她說，曾經有一段時期只是睡覺，因此，看到你的小說後大吃一驚，竟然有人和我經驗相同……。那段時期，只能逃入睡眠中。

我真的不懂那是甚麼樣的人生，但知道他們漂流到這裡，在夏威夷重新做夢，並且把那夢想全部塞進早晨的餐桌。

97

我們家人和朋友稱為「姊姊們的店」的那家餐廳，不知甚麼時候變成「姊姊和哥哥的店」了。即使如此，一直帶給我們幸福心情的它，依然是我們珍愛的店。

可惜，那家店終於因為老舊建築被拆而歇業。我為了寫以那家店為藍本的小說，訪問姊姊，知道姊姊的各種努力、辛苦和幸福，越發喜歡那家店。也越發確認個人力量之大。一個人決定開始做某件事時，可以開出五顏六色的美麗花朵，影響也大到無以估計。那家店真的撫慰了好多好多人。

我習慣這樣的離別，但仍然有格外的傷感。

如果沒有這家店，我會搬來下北澤附近嗎？我不知道。

和如今已不再見面的人常常一起喝茶的往日情景，成了懷念的回憶。

重複塗抹的記憶很難變得透明。像是黏膩的液體，也像人生的沉渣，直往下沉。隨著時間經過而發酵，拖著傷感的腳步。但，擁有回憶終究是好的。越是傷感，我們的腳印越有深度。

再也無法在那棟老建築裡，眺望路上的行人，聞著木頭地板的味道，吃著香辣美味咖哩和手工鳳梨甜酸醬（chutney）。但是那段時光確實深深刻在我心裡，感覺光靠這點，我自己也變成珍貴的存在了。

98

我好幾次去幫電影《海鷗食堂》烹製美食的飯島奈美事務所享用大餐。是「HOBO日刊糸井新聞」的人說，要幫她的美食書《LIFE》撰文，約我一起去玩玩。

一切都好吃得無法想像。《LIFE》書中有如魔法般的食譜是如何創作出來的？看到那個廚房便恍然大悟。不會太大，也不會太小，不會太乾淨，也沒有虛浮裝潢，只是很實用……，是每天要做菜的人引以為傲的廚房。

她的料理大膽而有自信。

例如，奶油燉白菜中也放菠菜。菠菜雖然釋放出微妙的澀味，但絲毫不影響整體的風味。那是任何人都懷念但不粗糙、而是精密計算出來的味道。一旦進入味道的深處，又邂逅另一種味道。那種感覺，在電影中也完整表現出來。那些匠心獨運的食物以及料理的自然模樣，何以能如實顯現在映像中？箇中情節，不得而知。

感覺那個魔法中，具有飯島「吃是真心的，不要隨便」的態度。

飯島是絕不放棄追求更好味道、更美味組合、以及無窮餘味的人。

提到小孩的便當話題時，她斷然表示：「冷凍的東西不好吃，已經夠討厭了，還用普通的保鮮盒來裝，更讓人傷心。難得要做便當，就要裝些漂亮好吃的東西」，她那時的表情，像個固執的少女。

那是有如神明諭示：「她最喜歡米飯，所以米飯也最喜歡她，這世上就有這樣的最佳搭檔」似的燦爛表情。

99

兒子第一次說蝦子好吃，是他六歲生日前夕去那家西班牙餐廳時。

那晚，我們點了大蒜拌炒燙熟的鮮蝦。那道招牌菜總是那麼好吃，請教老闆祕訣，他只是靦腆地說：「蝦子新鮮又好吧。」

原先，外子說：「小不點一定不吃。」逕自和我瓜分八隻左右的蝦子。因為兒子不喜歡蝦子。

可是因為太好吃，我剝了一點放進他口中，「吃吃看，如果不喜歡……」，但小不點卻說：「咦？好吃耶！」逕自拿起我盤中的蝦子，大口咬下。

這絕非有禮貌的行為，但是，那個氣勢我喜歡。

「好吃，有不像蝦子的好吃味道。」兒子眼睛發亮。因為吃得太猛，蝦醬濺到桌布上。我莫名感動，那是生命與生命邂逅瞬間的勝負，在他這生平第一次知道蝦子美味的瞬間。

100

我這幾年常去米克諾斯島。

雖然完全不懂希臘菜，但覺得米克諾斯島的人是吃混合各種文化的美味食物。大概混合了原本的希臘菜和以義大利人為主的世界觀光客口味吧。

和廉價白葡萄酒最對味、每天都能吃到的魚。可以用橄欖油和鹽等任何東西調味的菜色。

可是，在米克諾斯的海裡游泳時，完全沒看到魚。

偶爾有像丁香魚之類的小魚，菜色中也確實有炸丁香魚。

但就是沒看到盤中出現的章魚、鯛魚、雞魚和海膽等。這些魚類究竟在哪裡呢？我潛入海中搜尋。或許要到外海或岩礁區才看得到。不論如何，有漁夫穿梭往來的港口料理絕對好吃。

碳火烤魚，澆上橄欖油來吃。蝦子烤得酥脆，沾著鹽巴和檸檬汁吃。剖開的海膽灑上檸檬汁、橄欖油和鹽巴來吃。曬乾的章魚水煮後稍微燒烤，沾著橄欖油和鹽巴吃。只是這樣。

還有加入大蒜和香辛料的山羊優酪乳、茄子大蒜糊，用麵包沾著吃，可以下酒。

幾乎不吃碳水化合物也無妨，有人甚至連麵包都不吃，幾乎沒有油炸物也無妨。因為已經吃了一肚子橄欖油，不再想吃。

感覺這就是地中海式減肥餐。在米克諾斯，雖然吃下很多東西，但都以蛋白質為主，所以不會發胖，而且走來走去加上游泳，肌肉也變得緊實。

我想，在日本即使不吃米飯，增加橄欖油的攝取，吃義大利麵，也吃魚，但若沒有這湛藍的天空和海洋、運動、炭火滋滋燒烤新鮮魚蝦的感覺，和巨大鯛魚格鬥後割下大塊白色魚肉的感覺等，還是不會輕鬆瘦下來吧。

101

最近，聽到兩個類似的故事，因為很感動，想寫下來。都是神戶大地震時的事。

一個是陶藝家IIHOSI YUMIKO在她的部落格寫道，在大地震後還未完全復原的鎮上，睽違已久的「下午茶」重新營業時，排了長長的人龍，看到那個景況，她才第一次真正構思創作的方向性。

另一個是藝術家島袋道浩的故事。

他想到「想喝茶時茶館便迎面而來」的藝術，便在海上開店，以移動攤車似的店面供應茶水。我覺得非常好。是很棒的創意。

大地震發生後，神戶出身的他飛到災區，發揮那項技術，免費分送咖啡，也幫其他免費分送咖啡的歐巴桑製作看板、塗油漆。他寫說，當色彩回到廢墟瓦礫時，人們需要亮麗的顏色和設計，自己也感到高興。過去從不自詡為藝術家的島袋，在那片瓦礫中製作美麗的傳單、海報和看板，並堂堂回答那個問他：「沒工作嗎？在找工作嗎？」的歐吉桑，說：「我是藝術家，這就是我的工作。」

以前看到報導，飲食生態學者兼探險家西丸震哉最討厭小黃瓜，以為面臨真正飢餓時就會吃吧，然而他在戰爭中幾乎餓死，還是沒吃。這個故事和前面的故事是個極端的對比，但我得到的教訓相似。

沒錯，不論經濟有多困苦，或是發生攸關性命的大事時，人們還是要追求心靈自由的瞬間。即使在最艱困的時候，也不會勉強自己喜歡真正討厭的東西，因為心是自由的。

喝杯茶放鬆心情，這是災害時或緊急時最先被剝奪的事。即使知道沒有好惡、甚麼都能吃是最好的，但討厭的東西依舊討厭。

從這三人的故事中，我確信，對人類而言，那是相當重要的事。因而，心裡想寫那個「地震瓦礫中的喫茶店」小說，覺得像小孩子一樣說不要吃「小黃瓜」也無妨。

102

這本小散文集寫於兒子兩歲半到六歲之間。

若是在平常，有關食物的話題，我會寫得更豐富。不過，書中的內容，都是忽然想寫，提筆就寫的東西。因為橫跨的時間較長，不太有統一感，而且也沒人邀稿，只是每天寫下突然想到的事情。朝日新聞出版的矢坂美紀子在聊天時，發現我在寫這些東西，說要幫我出書。

「我一定要幫妳做一本書！」她這十多年的願望終於實現。矢坂是只為她喜歡的人做事的那種人，能得到她的青睞，我很光榮。我的簽書會她從不缺席（她和一般讀者一起排隊等候，害我有點緊張），二十年來，一無改變地為我加油。

撰寫途中，因為許多事情撞在一起，好幾次差點作罷，但這些故事一直儲存在標題為「矢坂」的電腦檔案夾中。即使曾經中斷，或是因為小麻煩而想放棄時，我還是孜孜不倦寫下存檔。

後來，以前專門負責我的書的齋藤順一轉到朝日新聞出版，書中提到的朋子也參與協助，組成最強的編輯隊伍。我想，一定會做成一本好書的。

而我，只需等著享受甜美的果實。

寫作短文時，作家的腦子也單純，所以文章不是很優美，但仍真實寫出我這宇宙第一饕客的感想。

「夢屋」旅館新建的別院，讓我和兒子終於能夠一同前往。

我們去時多半是家人或朋友同行，一直待在房間裡閒晃，泡溫泉，奔跑追逐，品嚐新潟剛收穫的美味新米。

上次，因為小不點六歲了，他們特地送上生日蛋糕風味的甜點。對還不了解那份情義的小不點而言，能夠在那個旅館裡和平常忙碌的父母輕鬆優閒盡情玩樂聊天，將是無可取代的回憶。浴室裡附有電視，他覺得稀奇又興奮，著迷地看個不停。能帶給他那些回憶，是因為那個旅館的人對小孩寬大，能貫徹旅館的思惟，也懂得人生的幸福。我打從心裡感謝他們。

小不點現在最喜歡的東西，是附近手工披薩店的番茄玉米披薩。一個人可以吃掉一個大披薩。因為每天都想去吃，做父母的就很累。那家店的老闆夫妻總是欣喜迎接他，這也將是小不點一生的回憶吧。

立原潮後來又在銀座開店。我含淚坐在吧台吃著懷念的美味飯菜，是新的美好回憶。他能夠繼續做菜，真好。雖然已經看不到我最喜歡的立原正秋先生的新小說，但是當我享用立原潮的美食時，可以感到他繼承了父親通透的生命意志。

沖繩麵店已經不在了。看到身邊的人感嘆的模樣，再次感到，啊，那是一家備受大家喜愛的名店啊。

喜歡吃撒上炒黃豆粉餅的三幸死了。是我姊姊發現他的遺體。

能夠即時描寫他吃餅的幸福模樣，真好。

他過世以後，我們才認識他的家人，也知道他並不孤獨的人生美好面。他在歡喜期待侄子來東京時突然過世，真是遺憾。但他不是自殺，他沒有對人生絕望。這讓我放心得想哭。

他喜歡小孩，常常陪我們家小不點玩。因為生病不能多吃的他和剛斷奶的小不點以及那時正好食量小的我，「好好吃哦，」「以為吃不完還不敢叫，幸好可以一起吃，」而共享一盤炸竹筴魚的土肥海邊，最近幾年都沒去了（說不定那家炒麵店也不在了）！我這一生都不會忘記那天和他一起分享的炸竹筴魚味道。剛開始時，我不知道該怎麼和投靠姊姊而離鄉的他相處，很長一段時間不能和他好好說話，直到那天，我才確實感到和他心意相通。因為小不點的緣故，我們自然熟悉起來。

溫柔的他直到最後都還掛念的孔雀魚，在他遺體被發現時，在已減到一半的水中掙扎求生，姊姊收留了那些魚，如今在水槽裡漸漸繁衍。願他安息。

後來為了「HOBO日刊糸井新聞」的工作，又去像是魔術師的飯島奈美工作室，發揮驚人的能吃精神，讓我這饕客之舌精益求精。將來有一天，我要好好寫一寫飯島「針對饕客」的美食。

最後，還是要將本書獻給食量很小、總是說：「看你的文章都是寫吃的，真不合適，你就那麼會吃啊」的母親。

感謝母親身體雖差還努力養活我。因為母親分享她的生命，我才有今天這樣的口福。

食　譜　鈴木朋子／HARUNO 宵子
攝　影　小林洋治
造　型　林惠（PACKET CORPORATION）
攝影協助　HUKILAU CAFE
裝　幀　坂川榮治、田中久子（坂川事務所）
＊餐具為作者私人所有

附錄：朋子和姊姊的食譜

朋子的食譜

●煎餃（皮）32個的分量

高筋麵粉…260g
熱開水……150cc
低筋麵粉…少許

＊擀皮

1、高筋麵粉放入大碗，加入熱水，快速攪勻，用力揉搓四、五分鐘成麵糰後，蓋上濕布，在常溫下放置一個小時醒麵。

2、擀麵臺撒上低筋麵粉，麵糰放置其上，切成兩半，各自揉成棒狀，再切成16等份，共有32個。切口朝上，捏成圓形，用手掌壓平，再擀成直徑8、9公分的餃子皮。

＊包法

將餡放入皮的中央，再將皮打褶收攏。

＊煎法

平底鍋放少許沙拉油，餃子排入鍋中，不時搖動平底鍋，煎到底部呈現看似可口的焦黃色。然後加水到覆蓋餃子三分之一的地方，蓋上鍋蓋悶煎，等到水氣收乾即可。吃時可沾醋、醬油和辣油。

＊手工餃子皮容易黏鍋，最好擀好麵皮立刻包餡，隨即下鍋煎。
＊我是一次擀一半的量、先包16個，排在鐵氟龍平底鍋中煎熟。另一半先用保鮮膜包住，算好時間再做。

●餃子餡　32個的分量

大白菜…700g（約四分之一顆）
絞肉…200g

A
- 醬油…2分之1大匙
- 鹽…1小匙
- 紹興酒…1大匙
- 蔥花…少許
- 薑汁…少許
- 豬油…二分之一大匙

麻油…1大匙

＊拌餡

1、大白菜留一點芯，燙熟後切碎，瀝乾水分。

2、絞肉放進大碗，加入A，仔細拌勻入味。然後放入大白菜拌勻，最後加入麻油，拌好後，蓋上保鮮膜，放進冰箱冷一下。

姊姊的食譜

這是擅自轉載漫畫家姊姊為夏天時在伊豆海邊經常見到的可愛朋子寫的食譜。

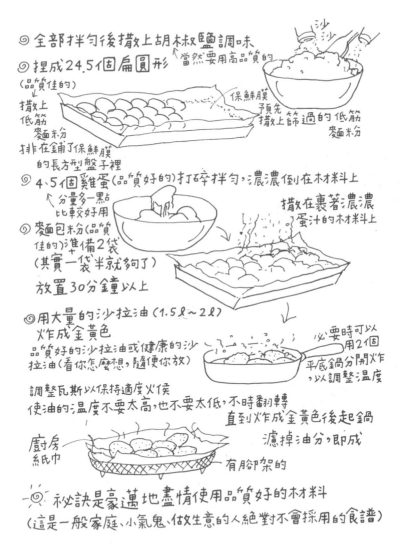

◎全部拌勻後撒上胡椒鹽調味
↑當然要用高品質的

◎捏成24.5個扁圓形

(品質佳的)
撒上低筋麵粉
排在鋪了保鮮膜的長方型盤子裡

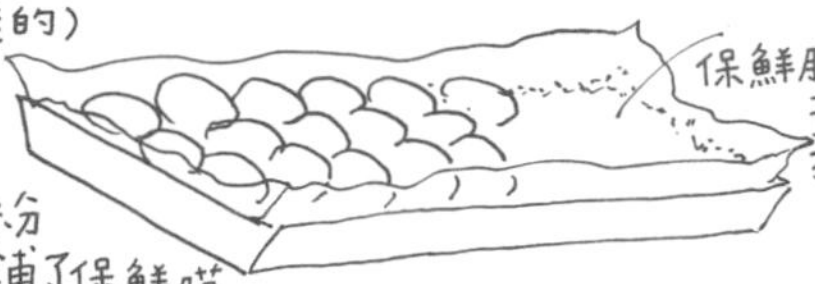

◎4、5個雞蛋(品質好的)打碎拌勻,濃濃倒在材料上
↑分量多一點比較好用

◎麵包粉(品質佳的)準備2袋
(其實一袋半就夠了)

撒在裹著濃濃蛋汁的材料上

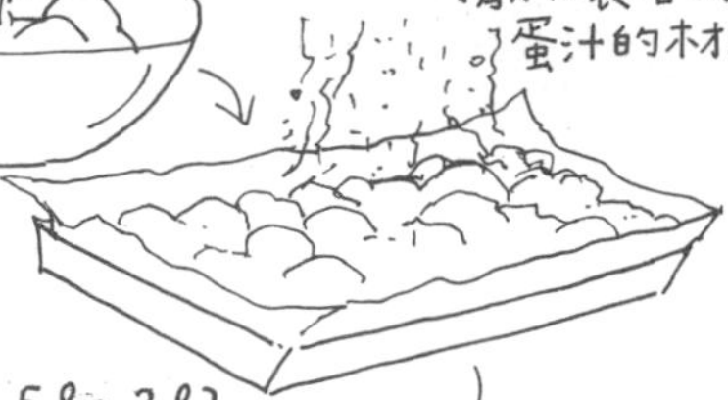

放置30分鐘以上

◎用大量的沙拉油(1.5ℓ~2ℓ)炸成金黃色
品質好的沙拉油或健康的沙拉油(看你怎麼想,隨便你放)

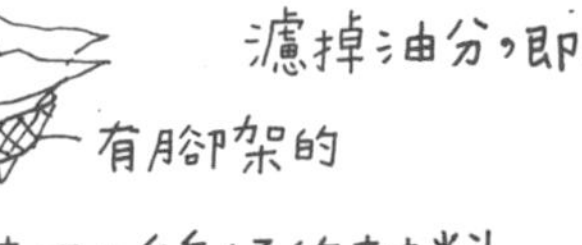

必要時可以用2個平底鍋分開炸,以調整溫度

調整瓦斯以保持適度火候
使油的溫度不要太高,也不要太低,不時翻轉
直到炸成金黃色後起鍋
濾掉油分,即成

◎祕訣是豪邁地盡情使用品質好的材料
(這是一般家庭、小氣鬼、做生意的人絕對不會採用的食譜)

『可樂餅24.5個的分量』

◎馬鈴薯(圓形的男爵薯)(避免長形的美國因薯和肉色偏黃的北光薯)中等大小15個

◎分批洗好馬鈴薯(每5個一次),分別包上保鮮膜

放進微波爐(自行調整溫度)

先微波4.5分鐘

然後將馬鈴薯上下翻轉

再微波2、3分鐘即可

◎這段期間

將一顆洋蔥切碎

×3次

用少許沙拉油+奶油

拌炒

◎高品質的牛絞肉和豬絞肉

黑毛和牛

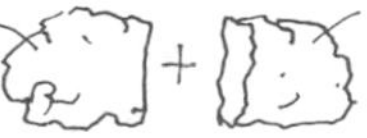

鹿兒島產黑豬

共120g

把炒好的洋蔥挪到鍋邊

在這一邊先炒豬肉,再炒牛肉

和洋蔥混合拌炒

撒一點鹽(盡量用品質好的)

◎5個馬鈴薯熟了以後

放入大碗,用飯瓢戳開去皮,用搗碎器壓成薯泥(留點馬鈴薯皮也無損風味)

留點顆粒

或是完全壓成泥看個人喜好

每5個做一次

×3次

然後將炒好的洋蔥+絞肉分成3份,分3次加入馬鈴薯泥中拌勻(如果全部一次加入,會不均勻

◎加入鮮奶油(當然要用高品質的)

一盒分量太多,約五分之四盒即可

有人覺得鮮奶油太營養,因此,注重養生健康或有糖尿病、新陳代謝症候群的人可以改用牛奶,喜歡美乃滋的人可以加美乃滋,至於水呢…?也可以添加吧?因為,微波時會減少水分,必須加點東西保持濕潤度

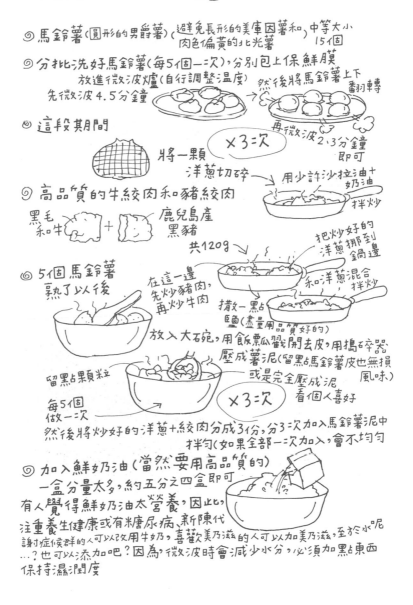

●香蕉蛋糕（18×8×6公分的磅蛋糕2個的分量）

奶油（無鹽）…100g

＊奶油和雞蛋要先放在室溫中回溫。

砂糖…140g

雞蛋…2個

酸奶油…100g

A
- **低筋麵粉…250g**
- **小蘇打…1小匙**
- **鹽…少許（一撮）**

＊A加在一起，分兩次撒進

香蕉…1根

＊香蕉用起泡器打成碎泥

白巧克力約80g

白巧克力切成一公分大小的方塊

蘭姆酒…1小匙

塗抹用蘭姆酒…1～2大匙

＊作法

1、奶油放入大碗，用起泡器打成乳霜狀，砂糖分二到三次放進，攪拌至發白為止。

2、先加入蛋黃，充分打勻後，再一點一點地加入蛋白打勻。

3、酸奶油加入壓碎的香蕉、蘭姆酒拌勻。

4、用橡皮刮刀加入A，從碗底撈起似的拌勻。等到完全看不到乾粉類後，麵糰有點光澤時，加入白巧克力用力攪拌。

5、把材料均等倒入鋪上型紙的模型中，放入預熱160度的烤箱烤四十五分鐘。以竹籤穿刺，沒有沾黏材料，即表示烤好了。冷卻後，倒出模型，表面塗上蘭姆酒。

藍小說 821

食記百味

作者—吉本芭娜娜
譯者—陳寶蓮
主編—嘉世強
編輯—邱淑鈴
美術編輯—達 姆
執行企劃—黃千芳
校對—陳錦生、邱淑鈴、陳寶蓮

董事長—趙政岷
出版者—時報文化出版企業股份有限公司
10803台北市和平西路三段二四〇號三樓
發行專線—（〇二）二三〇六—六八四二
讀者服務專線—〇八〇〇—二三一—七〇五
（〇二）二三〇四—七一〇三
讀者服務傳真—（〇二）二三〇四—六八五八
郵撥—一九三四四七二四時報文化出版公司
信箱—台北郵政七九～九九信箱

時報悅讀網—http://www.readingtimes.com.tw
電子郵件信箱—liter@readingtimes.com.tw
法律顧問—理律法律事務所 陳長文律師、李念祖律師
印刷—盈昌印刷有限公司
初版一刷—二〇一一年三月十一日
初版六刷—二〇一九年七月二十二日
定價—新台幣二二〇元

時報文化出版公司成立於一九七五年，
並於一九九九年股票上櫃公開發行，於二〇〇八年脫離中時集團非屬旺中，
以「尊重智慧與創意的文化事業」為信念。

食記百味 / 吉本芭娜娜著；陳寶蓮譯. -- 初版. -- 臺北市：時報文化，
2011.03
面； 公分. --（藍小說；821）
ISBN 978-957-13-5344-9（平裝）

861.67 100002809

ISBN 978-957-13-5344-9
Printed in Taiwan